成长读书课

Reading

名家公开课美绘版

林家铺子

白杨礼赞

茅盾　著

中国致公出版社

图书在版编目（CIP）数据

林家铺子·白杨礼赞：名家公开课美绘版 / 茅盾著
. -- 北京：中国致公出版社, 2020
（成长读书课）
ISBN 978-7-5145-1648-7

Ⅰ. ①林… Ⅱ. ①茅… Ⅲ. ①中国文学 - 现代文学 - 作品综合集 Ⅳ. ①I216.2

中国版本图书馆CIP数据核字(2020)第044333号

林家铺子·白杨礼赞：名家公开课美绘版/ 茅盾 著

出　　版	中国致公出版社 （北京市朝阳区八里庄西里100号住邦2000大厦1号楼西区21层）
出　　品	湖北知音动漫有限公司 （武汉市东湖路179号）
发　　行	中国致公出版社（010-66121708）
作品企划	知音动漫图书·文艺坊
责任编辑	丁琪德 李 舟
装帧设计	余诗立
印　　刷	武汉精一佳印刷有限公司
版　　次	2020年11月第1版
印　　次	2020年11月第1次印刷
开　　本	875mm × 700mm　1/16
印　　张	15.5
字　　数	177千字
书　　号	ISBN 978-7-5145-1648-7
定　　价	32.00元

成长读书课

专家编委会

钱理群　北京大学中文系教授、清华大学中文系兼职教授，中国现代文学研究会副会长。主编多卷丛书《新语文读本》，长期关注中国教育问题，对中小学语文教育有精深的研究。

陈思和　著名文学评论家。复旦大学人文学院副院长、复旦大学图书馆馆长、上海作协副主席。主编《中国当代文学史教程》，荣获全国普通高校教材一等奖。

王先霈　华中师范大学文学院教授、鄂教版小学、初中语文教材主编。

孙绍振　福建师范大学文学院教授、北师大版初中语文教材主编。

格　非　著名作家，清华大学中文系教授。茅盾文学奖获得者。

徐　鲁　著名儿童文学作家，中国图书奖、国家图书奖、冰心儿童图书奖获得者。

名师讲读团

张小华 陈盛 陈维贤 曹玉明 韩玉荣
黄羽西 李智 李玲玉 李旭东 刘宏业
罗爱娥 饶永香 王耿 王静 王林
王娟 汪荣辉 万咏英 游昕 姚佩琅
曾李 张天杨

复旦附中、华师一附中、湖南师大附中、北师大附小、华中师大附小、武汉小学……

多所中小学名校，一线特级教师、教研员倾情导读，音频精讲。

百万师生课堂内外共读之书。

这是一本配有线上互动课程的课外书

“整本书阅读”课程设计

请配合本书二维码一起使用

难　度　★★★★★（七年级下）

阅读计划　30 分钟 / 每天，共 14 天

阅读指导　这是一本很有深度的作品集，需要静下心来细细品读。本书选取了茅盾先生的短篇小说、散文、杂文等经典篇目，你可以看到那个时代人们生活的缩影，也能看到茅盾先生的学习和成长过程，也有他的写作秘籍。在阅读时，你可以结合中国近现代史的发展脉络，从中探寻时代的记忆。

名师精讲　《不动笔墨不读书》

写作 & 思考　林家铺子为什么无法摆脱倒闭的命运？为何老通宝家的春蚕丰收，却还是赔了桑地、负了债呢？茅盾先生的成长过程中发生了哪些有趣的事呢？

在文学中寻找时代的记忆

现实主义文学是时代的镜子，好的作品一定能表达作者的内心情感，并且能再现一个时代的缩影。说到现实主义文学，同学们是否会想到茅盾先生呢？他的作品题材涉及20世纪上半叶中国的社会生活面貌，翻开《林家铺子·白杨礼赞》，我们将在他的作品中寻找他和那个时代的记忆。

茅盾，原名沈德鸿，字雁冰，我国现代著名作家、文学评论家、文化活动家和社会活动家，是新文化运动的先驱、中国革命文艺的奠基人之一。他晚年捐出自己的25万元稿费设立了“茅盾文学奖”，鼓励当代长篇小说创作。在这本《林家铺子·白杨礼赞》中，收录了他的经典短篇小说以及散文、杂文，有记录时代变迁的，有采撷学生时代回忆的，有纪念父亲母亲的，有歌颂时代精神的等等。

那么，你印象中的茅盾是什么样子的呢？

最亲切的茅盾，用文学记录成长。

回忆录中的茅盾先生是最亲切的，他将童年和求学的故事娓娓道来，也饱含对亲友的怀念。

他写道："我的第一个启蒙老师是我的母亲。"上学之前，父亲挑选新教材，由母亲教他识文断字。和我们一样，与同学间的小摩擦也差点儿让他挨了母亲的打。当他迷上了刻章，母亲便将父亲遗留的章石任由他支配。上寄宿学校时，母亲不惜每月交四元膳宿费，希望他在学校可以过得好一些。茅盾先生的父亲也从小让他学习新学，对他要求严格，每天都要亲自节录四句课本中的话让他读熟，后来慢慢增加到一天十句。父母是孩子最好的老师，这也是茅盾后来辗转多所学校依旧没有荒废学习的原因之一吧！

小学辗转四处学堂，中学辗转三处学堂，他从未放弃学习和阅读。十岁刚出头他便在母亲的辅导下读完了《论语》，每星期写一篇史论文章。在中学组织的参观活动的旅途中他将《世说新语》读了两遍，寒假期间在家中的乱书堆里翻出《昭明文选》认真研读。时局变动，他从学生时代就都看在眼里，这也为他的现实主义写作埋下了其中一颗种子吧。

最现实的茅盾，用文学表现人生。

茅盾曾说过："文学是为表现人生而作的，文学家所欲表现的人生，绝不是一人一家的人生，乃是一社会一民族的人生"。写《林家铺子》的茅盾先生一定是最现实的，他将民族战争、城乡经济和战争局面都投射在这间江南的小铺里，投影在这一小户人家上。

林先生，林家铺子的老板，精明狡猾的小商业者；林大娘，林先生的妻子，善良愚昧的封建妇女；林小姐，林老板的女儿，爱享乐的单纯少女；寿生，铺子的店员，本分老实的劳动者。面对农民破产、上海战事、抵制洋货的浪潮；商品滞销、债主登门、党部敲诈的困境；强抢女儿、同行中伤、廉价盘货的逼迫，他们毫无反抗之力，林家铺子也只能倒闭。

除了主要人物，他还塑造了许多底层人民的形象：被地主和高利贷盘剥的乡下人、处于弱势的陈老七和朱三阿太、丧子发疯的张寡妇等等。

一个时代造就一代人，茅盾先生洞悉了20世纪30年代的社会现实，城镇小商业者和普通民众生活在旧社会的重压下，时代给他们烙上了劣根性，他们不敢也无力反抗，《林家铺子》便是他们的悲歌，也表达了底层人民内心深处对安居乐业的渴望。

最豪迈的茅盾，用文学表达赞美。

写下《白杨礼赞》的茅盾先生无疑是最豪迈的，通过三起二落赞美了白杨，也赞美了抗日军民和整个中华民族团结一致、坚强不屈的革命精神。

开篇“一起”，直抒胸臆：“白杨树是不平凡的，我赞美白杨树。”又将黄土高原的“无边无垠、坦荡如砥”的豪迈书于纸上。随后“一落”，高原的雄伟豪迈之中，会让人尝到一点儿“单调”的滋味儿。可马上笔锋一转，又是一次起落。“力争上游”的一排排白杨树即刻映入我们眼帘，它们有着青色的树皮，伟岸挺拔，参天耸立，而白杨在西北却似乎很普通，不受人重视。最后“一起”，与楠木做了对比，由树及人，让赞美之情达到了高峰。

茅盾先生正是用文字间的抑扬顿挫，层层递进，让我们深刻体会到了白杨树的象征意义。

本书中《风景谈》《大地山河》《秦岭之夜》也是最豪迈的茅盾先生的赞美之歌。同学们可以从中看到那个时代的艰辛，也可以看到人们乐观坚强。和平年代来之不易，我们应该更刻苦努力学习，关心家人朋友，积极乐观，珍惜当下的生活，这也是同学们阅读文学作品的重要意义之一。

本书还为同学们准备了茅盾先生的写作秘籍。先生说：“只有竹子那样的虚心，牛皮筋那样的坚韧，烈火那样的热情，才能产生出真正不朽的艺术。”名作的读后感是如何写出来的，如何积累素材，先生是如何对文学入迷的……希望同学们能从本书最后一辑中找到答案。

茅盾先生的作品是语文学习的宝藏，适合精读，常读常新。同学们可以在14天里，每天用30分钟的时间阅读，并在文字上圈点勾画，在空白处做批注。可以先花几天时间读完第一辑的小说，在剩下的时间里，每天阅读几篇后面的文章，对语文学习会大有裨益。希望你们读完这本书以后，都能生发出白杨树不屈不挠的精神，更加珍惜现在学习的大好时光！

目录

辑一　残冬·林家铺子

辑二　风景谈·白杨礼赞

辑三　少年回忆·三年又三年

辑四　论入迷·文学与人生

辑一

残冬·林家铺子

林家铺子

一

林小姐这天从学校回来就噘着小嘴唇。她掼下了书包，并不照例到镜台前梳头发搽粉，却倒在床上看着帐顶出神。小花噗的也跳上床来，挨着林小姐的腰部摩擦，咪呜咪呜地叫了两声。林小姐本能地伸手到小花头上摸了一下，随即翻一个身，把脸埋在枕头里，就叫道：

“妈呀！”

没有回答。妈的房就在间壁，妈素常疼爱这唯一的女儿，听得女儿回来就要摇摇摆摆走过来问她肚子饿不饿，妈留着好东西呢——再不然，就差吴妈赶快去买一碗馄饨。但今天却作怪，妈的房里明明有说话的声音，并且还听得妈在打呃，却是妈连回答也没有一声。

林小姐在床上又翻一个身，翘起了头，打算偷听妈和谁谈话，是那样悄悄地放低了声音。

然而听不清，只有妈的连声打呃，间歇地飘到林小姐的耳朵。忽然妈的嗓音高了一些，似乎很生气，就有几个字听得很分明：

“……这也是东洋货，那也是东洋货，呃……”

林小姐猛一跳，就好像理发时候颈脖子上粘了许多短头发似的浑身都烦躁起来了。正也是为了这东洋货问题，她在学校里给人家笑骂，她回家来没好气。她一手推开了又挨到她身边来的小花，跳起来就剥下那件新制的翠绿色假毛葛驼绒旗袍来，拎在手里抖了几下，叹一口气。据说这怪好看的假毛葛和驼绒都是东洋来的。她撩开这件驼绒旗袍，从床下拖出那口小巧的牛皮箱来，赌气似的扭开了箱子盖，把箱子底朝天向床上一撒，花花绿绿的衣服和杂用品就滚满了一床。小花吃了一惊，噗地跳下床去，转一个身，却又跳在一张椅子上蹲着望住它的女主人。

林小姐的一双手在那堆衣服里抓捞了一会儿，就呆呆地站在床前出神。这许多衣服和杂用品越看越可爱，却又越看越像是东洋货呢！全都不能穿了么？可是她——舍不得，而且她的父亲也未必肯另外再制新的！林小姐忍不住眼圈儿红了。她爱这些东洋货，她又恨那些东洋人；好好儿的发兵打东三省干么呢？不然，穿了东洋货有谁来笑骂。

“呃——”

忽然房门边来了这一声。接着就是林大娘的摇摇摆摆的瘦身形。看见那乱丢了一床的衣服，又看见女儿只穿着一件绒线短衣站在床前出神，林大娘这一惊非同小可。心里愈是着急，她那个“呃”却愈是打得多，暂时竟说不出半句话。

林小姐飞跑到母亲身边，哭丧着脸说：

“妈呀！全是东洋货，明儿叫我穿什么衣服？”

林大娘摇着头只是打呃，一手扶住了女儿的肩膀，一手揉摩自己的胸脯，过了一会儿，她方才挣扎出几句话来：

“阿囡，呃，你干么脱得——呃，光落落？留心冻——呃——我这毛病，呃——生你那年起了这个病痛，呃——近来越发凶了！呃——”

“妈呀！你说明儿我穿什么衣服？我只好躲在家里不出去了，他们要笑我，骂我！”

但是林大娘不回答。她一路打呃，走到床前拣出那件驼绒旗袍来，就替女儿披在身上，又拍拍床，要她坐下。小花又挨到林小姐脚边，昂起了头，眯细着眼睛看看林大娘，又看看林小姐，然后它懒懒地靠到林小姐的脚背上，就林小姐的鞋底来摩擦它的肚皮。林小姐一脚踢开了小花，就势身子一歪，躺在床上，把脸藏在她母亲的身后。

暂时两个都没有话。母亲忙着打呃，女儿忙着盘算“明天怎样出去”；这东洋货问题不但影响到林小姐的所穿，还影响到她的所用；据说她那只常为同学们艳羡的化妆皮夹以及自动铅笔之类，也都是东洋货，而她却又爱这些小玩意儿的！

“阿囡，呃——肚子饿不饿？”

林大娘坐定了半晌以后，渐渐少打几个呃了，就又开始她日常的疼爱女儿的老功课。

“不饿。哎，妈呀，怎么老是问我饿不饿呢，顶要紧是没有了衣服明天怎样去上学！”

林小姐撒娇说，依然那样拳曲着身体躺着，依然把脸藏在母亲背后。

自始就没弄明白为什么女儿尽嚷着没有衣服穿的林大娘现在第三次听得了这话儿，不能不再注意了，可是她那该死的打呃很不作美地又连连来了。恰在此时林先生走了进来，手里拿着一张字条儿，脸上乌霉霉地像是涂着一层灰。他看见林大娘不住地打呃，女儿躺在满床乱丢的衣服堆里，他就料到了几分，一双眉头就紧紧地皱起。他唤着女儿的名字说道：

“明秀，你的学校里有什么抗日会么？刚送来了这封信。说是明天你再穿东洋货的衣服去，他们就要烧呢——无法无天的话语，咳……”

“呃——呃！”

“真是岂有此理，哪一个人身上没有东洋货，却偏偏找定了我们家来生事！哪一家洋广货铺子里不是堆足了东洋货，偏是我的铺子犯法，一定要封存！咄！”

林先生气愤愤地又加了这几句，就颓然坐在床边的一张椅子里。

“呃，呃，救苦救难观世音，呃——”

“爸爸，我还有一件老式的棉袄，光景不是东洋货，可是穿出去人家又要笑我。”

过了一会儿，林小姐从床上坐起来说，她本来打算进一步要求父亲制一件不是东洋货的新衣，但瞧着父亲的脸色不对，便又不敢冒昧。同时，她的想象中就展开了那件旧棉袄惹人讪笑的情形，她忍不住哭起来了。

“呃，呃——啊哟！——呃，莫哭——没有人笑你——呃，阿囡……”

“阿秀，明天不用去读书了！饭快要没得吃了，还读什么书！”

林先生懊恼地说，把手里那张字条儿扯得粉碎，一边走出房去，一边叹气跺脚，然而没多儿时，林先生又匆匆地跑了回来，看着林大娘的面孔说道：

“橱门上的钥匙呢？给我！”

林大娘的脸色立刻变成灰白，瞪大了眼睛望着她的丈夫，永远不放松她的打呃忽然静定了半晌。

“没有办法，只好去斋斋那些闲神野鬼了——”

林先生顿住了，叹一口气，然后又接下去说：

“至多我花四百块。要是党部里还嫌少，我拼着不做生意，等他们来封！——我们对过的裕昌祥，进的东洋货比我多，足足有一万多块钱的码子呢，也只花了五百块，就太平无事了。——五百块！算是吃了几笔倒账罢！——钥匙！咳！那一个金项圈，总可以兑成三百块……”

“呃，呃，真——好比强盗！”

林大娘摸出那钥匙来，手也颤抖了，眼泪扑簌簌地往下掉。林小姐却反不哭了，瞪着一对泪眼，呆呆地出神，她恍惚看见那个曾经到她学校里来演说而且饿狗似的盯住看她的什么委员，一个怪叫人讨厌的黑麻子，捧住了她家的金项圈在半空里跳，张开了大嘴巴笑。随后，她又恍惚看见这强盗似的黑麻子和她的父亲吵嘴，父亲被他打了……

“啊哟！”

林小姐猛然一声惊叫，就扑在她妈的身上。林大娘慌得没有工夫净打呃，挣扎着说：

“阿囡，呃，不要哭——过了年，你爸爸有钱，就给你制新衣服——呃，那些狠心的强盗！都咬定我们有钱，呃，一年一年亏空，你爸爸做做肥田粉生意又上当，呃——店里全是别人的钱了。阿囡，呃，呃，我这病，活着也受罪——呃，再过两年，你十九岁，招得个好女婿。呃，我死也放心了！——救苦救难观世音菩萨！呃——”

二

第二天，林先生的铺子里新换过一番布置。将近一星期不曾露脸的东洋货又都摆在最惹眼的地位了。林先生又模仿上海大商店的办法，写了许多“大廉价照码九折”的红绿纸条，贴在玻璃窗上。这天是阴历腊月二十三，正是乡镇上洋广货店的“旺月”。不但林先生的额外支出“四百元”指望在这时候捞回来，就是林小姐的新衣服也靠托在这几天的生意好。

十点多钟，赶市的乡下人一群一群的在街上走过了，他们臂上挽着篮，或是牵着小孩子，粗声大气地一边在走，一边在谈话。他们望到了林先生的花花绿绿的铺面，都站住了，仰起脸，老婆唤丈夫，孩子叫爹娘，啧啧地夸羡那些货物。新年快到了，孩子们希望穿一双新袜子，女人们想到家里的面盆早就用破，全家合用的一条面巾还是半年前的老家枕，肥皂又断绝了一个多月，趁这里“卖贱货”，正该买一点。林先生坐在账台上，抖擞着精神，堆起满脸的笑容，眼睛望着那些乡下人，又带睄着自己铺子里的两个伙计，两个学徒，满心希望货物出去，洋钱进来。但是这些乡下人看了一会，指指点点夸羡了一会，竟自懒洋洋地走到斜对门的裕昌祥铺面前站住了再看。林先生伸长了脖子，望到那班乡下人的背影，眼睛里冒出火来。他恨不得拉他们回来！

“呃——呃——”

坐在账台后面那道分隔铺面与“内宅”的蝴蝶门旁边的林大娘把勉强忍住了半晌的“呃”放出来。林小姐倚在她妈的身边，呆呆地望着街上不作声，心头却是卜卜地跳，她的新衣服至少已经走脱了半件。

林先生赶到柜台前睁大了妒忌的眼睛看着斜对门的同业裕昌祥。那边的四五个店员一字儿摆在柜台前，等候做买卖。但是那班乡下人没有一个走近到柜台边，他们看了一会儿，又照样地走过去了。林先生觉得心头一松，忍不住望着裕昌祥的伙计笑了一笑。这时又有七八人一队的乡下人走到林先生的铺面前，其中有一位年轻的居然上前一步，歪着头看那些挂着的洋伞。林先生猛转过脸来，一对嘴唇皮立刻嘻开了；他亲自兜揽这位意想中的顾客了：

“喂，阿弟，买洋伞么？便宜货，一只洋伞卖九角！看看货色去。”

一个伙计已经取下了两三把洋伞，立刻撑开了一把，热剌剌地塞到那年轻乡下人的手里，振起精神，使出夸卖的本领来：

“小当家，你看！洋缎面子，实心骨子，晴天，落雨，耐用好看！九角洋钱一顶，再便宜没有了！……那边是一只洋一顶，货色还没有这等好呢，你比一比就明白。”

那年轻的乡下人拿着伞，没有主意似的张大了嘴巴。他回过头去望着一位五十多岁的老头子，又把手里的伞颠了一颠，似乎说：“买一把罢？”老头子却老大着急地吆喝道：

“阿太！你昏了，想买伞！一船硬柴，一古脑儿只卖了三块多钱，你娘等着量米回去吃，哪有钱来买伞！”

“货色是便宜，没有钱买！”

站在那里观望的乡下人都叹着气说，懒洋洋地都走了。那年轻的乡下人满脸涨红，摇一下头，放了伞也就要想走，这可把林先生急坏了，赶快让步问道：

“喂，喂，阿弟，你说多少钱呢？——再看看去，货色是靠得住的！”

“货色是便宜，钱不够。”

老头子一面回答，一面拉住了他的儿子，逃也似的走了。林先生苦着脸，踱回到账台里，浑身不得劲儿。他知道不是自己不会做生意，委实是乡下人太穷了，买不起九毛钱的一顶伞。他偷眼再望斜对门的裕昌祥，也还是只有人站在那里看，没有人上柜台买。裕昌祥左右邻的生泰杂货店、万牲糕饼店那就简直连看的人都没有半个。一群一群走过的乡下人都挽着篮子，但篮子里空无一物；间或有花蓝布的一包儿，看样子就知道是米：甚至一个多月前乡下人收获的晚稻也早已被地主们和高利贷的债主们如数逼光，现在乡下人不得不一升两升地量着贵米吃。这一切，林先生都明白，他就觉得自己的一份生意至少是间接地被地主和高利贷者剥夺去了。

时间渐渐移近正午，街上走的乡下人已经很少了，林先生的铺子就只做成了一块多钱的生意，仅仅足够开销了“大廉价照码九折”的红绿纸条的广告费。林先生垂头丧气走进“内宅”去，几乎没有勇气和女儿老婆相见。林小姐含着一泡眼泪，低着头坐在屋角，林大娘在一连串的打呃中，挣扎着对丈夫说：

“花了四百块钱——又忙了一个晚上摆设起来，呃，东洋货是准卖了，却又生意清淡，呃——阿囡的爷呀！……吴妈又要拿工钱——”

“还只半天呢！不要着急。”

林先生勉强安慰着，心里的难受，比刀割还厉害。他闷闷地踱了几步。所有推广营业的方法都想遍了，觉得都不是路。生意清淡，早已各业如此，并不是他一家呀；人们都穷了，可没有法子。但是他总还希望下午的营业能够比较好些。本镇的人家买东西大概在下午。难道他们过新年不买些东西？只要他们存心买，林先生的营业是有把握的。毕竟他的货物比别家便宜。

是这盼望使得林先生依然能够抖擞着精神坐在账台上守候他意想中的下午的顾客，

这下午照例和上午显然不同：街上并没很多的人，但几乎每个人都相识，都能够叫出他们的姓名，或是他们的父亲和祖父的姓名。林先生靠在柜台上，用了异常温和的眼光迎送这些慢慢地走着谈着经过他那铺面的本镇人。他时常笑嘻嘻地迎着常有交易的人喊道：

“呵，××哥，到清风阁去吃茶么？小店大放盘，交易点儿去！”

有时被唤着的那位居然站住了，走上柜台来，于是林先生和他的店员就要大忙而特忙，异常敏感地伺察着这位未可知的顾客的眼光，瞧见他的眼光瞥到什么货物上，就赶快拿出那种货物请他考校。林小姐站在那对蝴蝶门边看望，也常常被林先生唤出来对那位未可知的顾客叫一声“伯伯”。小学徒送上一杯便茶来，外加一枝小联珠。

在价目上，林先生也格外让步；遇到那位顾客一定要除去一毛钱左右尾数的时候，他就从店员手里拿过那算盘来算了一会儿，然后不得已似的把那尾数从算盘上拨去，一面笑嘻嘻地说：

“真不够本呢！可是老主顾，只好遵命了。请你多做成几笔生意罢！”

整个下午就是这么张罗着过去了。连现带赊，大大小小，居然也有十来注交易。林先生早已汗透棉袍。虽然是累得那么着，林先生心里却很愉快。他冷眼偷看斜对门的裕昌祥，似乎赶不上自己铺子的“热闹”。常在那对蝴蝶门旁边看望的林小姐脸上也有些笑意，林大娘也少打几个呃了。

快到上灯时候，林先生核算这一天的“流水账”；上午等于零，下午卖了十六元八角五分，八块钱是赊账。林先生微微一笑，但立即皱紧了眉头了。他今天的“大放盘”确是照本出卖，开销都没着落，官利更说不上。他呆了一会儿，又开了账箱，取出几本账簿来翻着打了半天算盘；账上“人欠”的数目共有一千三百余元，本镇六百多，四乡七百多；可是“欠人”的客账，单是上海的东升字号就有八百，合计不下两千呐！林先生低声叹一口气，觉得明天以后如果生意依然没见好，那他这年关就有点难过了，他望着玻璃窗上“大放盘照码九折”的红绿纸条，心里这么想：“照今天那样当真成盘，生意总该会见好；亏本么？没有生意也是照样的要开销。只好先拉些主顾来再慢慢儿想法提高货码……要是四乡还有批发生意来，那就更好！——”

突然有一个人来打断林先生的甜蜜梦想了。这是五十多岁的一位老婆子，巍颤颤地走进店来，手里拿着一个小小的蓝布包。林先生猛抬起头来，正和那老婆子打一个照面，想躲避也躲避不及，只好走上前去招呼她道：

“朱三太，出来买过年的东西么？请到里面去坐坐——阿秀，来扶朱三太。”

林小姐早已不在那对蝴蝶门边了，没有听到，那朱三太连连摇手，就在铺面里的一张椅子上坐了，郑重地打开她的蓝布手巾包——包里仅有一扣折子，她抖抖簌簌地双手捧了，直送到林先生的鼻子前，她的瘪嘴唇扭了几扭，正想说话，林先生早已一手接过那折子，同时抢先说道：

“我晓得了。明天送到你府上罢。”

“哦，哦；十月，十一月，十二月，一总是三个月，三三得九，是九块罢？——明天你送来？哦，哦，不要送，让我带了去。嗯！”

朱三太扭着她的瘪嘴唇，很艰难似的说。她有三百元的“老本”存在林先生的铺里，按月来取三块钱的利息，可是最近林先生却拖欠了三个月，原说是到了年底总付，明天是送灶日，老婆子要买送灶的东西，所以亲自上林先生的铺子来了。看她那股扭起了一对瘪嘴唇的劲儿，光景是钱不到手就一定不肯走。

林先生抓着头皮不作声。这九块钱的利息，他何尝存心白赖，只是三个月来生意清淡，每天卖得的钱仅够开伙食，付捐税，不知不觉就拖欠下来了。然而今天要是不付，这老婆子也许会就在铺面上嚷闹，那就太丢脸，对于营业的前途很有影响。

“好，好，带了去罢，带了去罢！”

林先生终于斗气似的说，声音有点儿哽咽。他跑到账台里，把上下午卖得的现钱归并起来，又从腰包里掏出一个双毫，这才凑成了八块大洋、十角小洋、四十个铜子，交付了朱三太。当他看见那老婆子把这些银洋铜子郑重地数了又数，而且抖抖簌簌地放在那蓝布手巾上包了起来的时候，他忍不住叹一口气，异想天开地打算拉回几文来。他勉强笑着说：

“三阿太，你这蓝布手巾太旧了，买一块老牌麻纱白手帕去罢？我们有上好的洗脸手巾、肥皂，买一点儿去新年里用罢。价钱公道！”

“不要，不要。老太婆了，用不到。”

朱三太连连摇手说，把折子藏在衣袋里，捧着她的蓝布手巾包径自去了。

林先生哭丧着脸，走回“内宅”去。因这朱三太的上门讨利息，他记起还有两注存款，桥头陈老七的二百元和张寡妇的一百五十元，总共十来块钱的利息，都是“不便”拖欠的，总得先期送去，他抡着指头算日子，二十四、二十五、二十六——到二十六，放在四乡的账头该可以收齐了，店里的寿生是前天出去收账的，极迟是二十六应该回来了；本镇的账头总得到二十八九方才有个数目。然而上海号家的收账客人说不定明后天就会到，只有再向恒源钱庄去借了。但是明天的门市怎样？……

他这么低着头一边走，一边想，猛听得女儿的声音在他耳边说：

“爸爸，你看这块大绸好么？七尺，四块二角，不贵罢？”

林先生心里蓦地一跳，站住了睁大着眼睛，说不出话。林小姐手里托着那块绸，却在那里憨笑。四块二角！数目可真不算大，然而今天店里总共只卖得十六块多，并且是老实照本贱卖的呀！林先生怔了一会儿，这才没精打采地问道：

“你哪来的钱呢？”

“挂在账上。”

林先生听得又是欠账，忍不住皱一下眉头。但女儿是自己宠惯了的，林大娘又抵死偏护着，林先生没奈何只有苦笑。

过一会儿，他叹一口气，轻轻埋怨道：

“那么性急！过了年再买岂不是好！”

三

又过了两天，“大放盘”的林先生的铺子，生意果然很好，每天可以做三十多元的生意了。林大娘的打呃，大大减少，平均是五分钟来一次；林小姐在铺面和“内宅”之间跳进跳出，脸上红喷喷的时常在笑，有时竟在铺面帮忙招呼生意，直到林大娘再三唤她，方才跑进去，一边擦着额上的汗珠，一边兴冲冲地急口说：

“妈呀，又叫我进来干么？我不觉得辛苦呀！妈！爸爸累得满身是汗，嗓子也喊哑了！——刚才一个客人买了五块钱东西呢！妈！不要怕我辛苦，不要怕！爸爸叫我歇一会儿就出去呢！”

林大娘只是点头，打一个呃，就念一声“大慈大悲菩萨”。客厅里本就供奉着一尊瓷观音，点着一炷香，林大娘就摇摇摆摆走过去磕头，谢菩萨的保佑，还要祷告菩萨大发慈悲，保佑林先生的生意永远那么好，保佑林小姐易长易大，明年就得个好女婿。

但是在铺面张罗的林先生虽然打起精神做生意，脸上笑容不断，心里却像有几根线牵着，每逢卖得了一块钱，看见顾客欣然挟着纸包而去，林先生就忍不住心里一顿，在他心里的算盘上就加添了五分洋钱的血本的亏折。他几次想把这个“大放盘”时每块钱的实足亏折算成三分，可是无论如何，算来算去总得五分。生意虽然好，他却越卖越心疼了。在柜台上招呼主顾的时候，他这种矛盾的心理有时竟至几乎使他发晕。偶尔他偷眼望望斜对门的裕昌祥，就觉得那边闲立在柜台边的店员和掌柜，嘴角上都带着讥讽的讪笑，似乎都在说：“看这姓林的傻子呀，当真亏本放盘呐！看着罢，他的生意越好，就越亏本，倒闭得越快！”那时候，林先生便咬一下嘴唇，决定明天无论如何要把货码提高，要把次等货标上头等货的价格。

给林先生斡旋那“封存东洋货”问题的商会长走过林家铺子的时候，也微微笑着，站住了对林先生贺喜，并且拍着林先生的肩膀，轻声说：

“如何？四百块钱是花得不冤枉罢！——可是，卜局长那边，你也得稍稍点缀，防他看得眼红，也要来敲诈。生意好，妒忌的人就多；就是卜局长不生心，他们也要去挑拨呀！”

林先生谢商会长的关切，心里老大吃惊，几乎连做生意都没有精神。

然而最使他心神不宁的，是店里的寿生出去收账到现在还没有回来，林先生是等着寿生收的钱来开销“客账”。上海东升字号的收账客人前天早已到镇，直催逼得林先生再没有话语支吾了。如果寿生再不来，林先生只有向恒源钱庄借款的一法，这一来，林先生又将多负担五六十元的利息，这在见天亏本的林先生委实比割肉还心疼。

到四点钟光景，林先生忽然听得街上走过的人们乱哄哄地在议论着什么，人们的脸色都很惶急，似乎发生了什么大事情了。一心惦念着出去收账的寿生是否平安的林先生就以为一定是快班船遭了强盗抢，他的心卜卜地乱跳。他唤住了一个路人焦急地问道：

“什么事？是不是栗市快班遭了强盗抢？”

“哦！又是强盗抢么？路上真不太平！抢，还是小事，还要绑人去呐！”

那人，有名的闲汉陆和尚，含糊地回答，同时睐着半只眼睛看林先生铺子里花花绿绿的货物。林先生不得要领，心里更急，丢开陆和尚，就去问第二个走进来的人，桥头的王三毛。

“听说栗市班遭抢，当真么？”

“那一定是太保阿书手下人干的，太保阿书是枪毙了，他的手下人多么厉害！”

王三毛一边回答，一边只顾走。可是林先生却急坏了，冷汗从额角上钻出来。他早就估量到寿生一定是今天回来，而且是从栗市——收账程序中预定的最后一处，坐快班船回来；此刻已是四点钟，不见他来，王三毛又是那样说，那还有什么疑义么？林先生竟忘记了这所谓“栗市班遭强盗抢”乃是自己的发明了！他满脸急汗，直往“内宅”跑，在那对蝴蝶门边忘记跨门槛，几乎摔了一跤。

“爸爸！上海打仗了！东洋兵放炸弹烧闸北——”

林小姐大叫着跑到林先生跟前。

林先生怔了一下。什么上海打仗，原就和他不相干，但中间既然牵连着“东洋兵”，又好像不能不追问一声了。他看着女儿的很兴奋的脸孔问道：

“东洋兵放炸弹么？你从哪里听来的？”

“街上走过的人全是那么说。东洋兵放大炮，掷炸弹。闸北烧光了！”

“哦，那么，有人说栗市快班强盗抢么？”

林小姐摇头，就像扑火的灯蛾似的扑向外面去了。林先生迟疑了一会儿，站在那蝴蝶门边抓头皮。林大娘在里面打呃，又是喃喃地祷告：“菩萨保佑，炸弹不要落到我们头上来！”林先生转身再到铺子里，却见女儿和两个店员正在谈得很热闹。对门生泰杂货店里的老板金老虎也站在柜台外边指手画脚地讲谈。上海打仗，东洋飞机掷炸弹烧了闸北，上海已经罢市，全都证实了。强盗抢快班船么？没有听人说起过呀！栗市快班么？早已到了，一路平安。金老虎看见那快班船上的伙计刚刚背着两个蒲包走过的。林先生心里松一口气，知道寿生今天又没回来，但也知道好好儿的没有逢到强盗抢。

现在是满街都在议论上海的战事了。小伙计们夹在闹里骂“东洋乌龟”！竟也有人当街大呼：“再买东洋货就是王八！”林小姐听着，脸上就飞红了一大片。林先生却还不动神色。大家都卖东洋货，并且大家花了几百块钱以后，都已经奉着特许：“只要把东洋商标撕去了就行。”他现在满店的货物都已经称为“国货”，买主们也都是“国货、国货”地说着，就拿走了。在此，满街人为了上海的战事而没有心思想到生意的时候，林先生始终在筹虑他的正事。他还是不肯花重利去借庄款，他去和上海号家的收账客人协商，请他再多等这么一天两天。他的寿生极迟明天傍晚总该会到。

“林老板，你也是明白人，怎么说出这种话来呀！现在上海开了火，说不定明后天火车就不通，我是巴不得今晚上就动身呢！怎么再等一两天？请你今天把账款缴清，明天一早我好走。我也是吃人家的饭，请你照顾照顾罢！”

上海客人毫无通融地拒绝了林先生的协商。林先生看来是无可商量了，只好忍痛去到恒源钱庄上商借。他还恐怕那“钱猢狲”知道他是急用，要趁火打劫，高抬利息。谁知钱庄经理的口气却完全不对了。那痨病鬼经理听完了林先生的申请，并没作答，只管捧着他那老古董的水烟筒卜落落卜落落的呼，直到烧完一根纸吹，这才慢吞吞地说：

“不行了！东洋兵开仗，上海罢市，银行钱庄都封关，知道他们几时弄得好！上海这路一断，敝庄就成了没脚蟹，汇划不通，比尊处再好的户头也只好不做了。对不起，实在爱莫能助！”

林先生呆了一呆，还总以为这痨病鬼经理故意刁难，无非是为提高利息作打算，正想结结实实说几句恳求的话，却不料那经理又逼进一步道：

“刚才敝东吩咐过，他得的信，这次的乱子恐怕要闹大，叫我们收紧盘子！尊处原欠五百，二十二那天，又是一百，总共是六百，年关前总得扫数归清，我们也算是老主顾，今天先透一个信，免得临时多费口舌，大家面子上难为情。”

“哦——可是小店里也实在为难。要看账头收得怎样。”

林先生呆了半晌，这才呐出这两句话。

“嘿！何必客气！宝号里这几天来的生意与众不同，区区六百块钱，还为难么？今天是同老兄说明白了，总望扫数归清，我在敝东跟前好交代。”

痨病鬼经理冷冷地说，站起来了。林先生冷了半截身子，瞧情形是万难挽回，只好硬着头皮走出了那家钱庄。他此时才明白，原来远在上海的打仗也要影响到他的小铺子了。今年的年关当真是难过：上海的收账客人逼着要钱，恒源里不许宕过年，寿生还没回来，知道他怎样了，镇上的账头，去年只收起八成，今年瞧来连八成都捏不稳——横在他前面的路，只是有一条："暂停营业，清理账目"！而这条路也就等于破产，他这铺子里早已没有自己的资本，一旦清理，剩给他的，光景只有一家三口三个光身子！

林先生愈想愈仄，走过那座望仙桥时，他看着桥下的浑水，几乎想纵身一跳完事。可是有一个人在背后唤他道：

林家舖子

“林先生，上海打仗了，是真的罢？听说东栅外刚刚调来了一支兵，到商会里要借饷，开口就是二万，商会里正在开会呢！”

林先生急回过脸去看，原来正是那位存有两百块钱在他铺子里的陈老七，也是林先生的一位债主。

“哦——”

林先生打一个冷噤，只回答了这一声，就赶快下桥，一口气跑回家去。

四

这晚上的夜饭，林大娘在家常的一荤二素以外，特又添了一个碟子，是到八仙楼买来的红焖肉，林先生心爱的东西。另外又有一斤黄糖。林小姐笑不离口，为的铺子里生意好，为的大绸新旗袍已经做成，也为的上海竟然开火，打东洋人。林大娘打呃的次数更加少了，差不多十分钟只来一回。

只有林先生心里发闷到要死。他喝着闷酒，看看女儿，又看看老婆，几次想把那炸弹似的恶消息宣布，然而终于没有那样的勇气。并且他还不曾绝望，还想挣扎，至少是还想掩饰他的两下里碰不到头。所以当商会里议决了答应借饷五千并且要林先生摊认二十元的时候，他毫不推托，就答应下来了。他决定非到最后五分钟不让老婆和女儿知道那家道困难的真实情形。他的划算是这样的：人家欠他的账收一个八成罢，他还人家的账也是个八成，——反正可以借口上海打仗，钱庄不通；为难的是人欠我欠之间尚差六百光景，那只有用剜肉补疮的方法拼命放盘卖贱货，且捞几个钱来度过了眼前再说。这年头儿，谁能够顾到将来呢？眼前得过且过。

是这么想定了方法，又加上那一斤黄酒的力量，林先生倒酣睡了一夜，噩梦也没有半个。

第二天早上，林先生醒来时已经是六点半钟，天色很阴沉。林先生觉得有点头晕。他匆匆忙忙吞进两碗稀饭，就到铺子里，一眼就看见那位上海客人板起了脸孔在那里坐守“回话”。而尤其叫林先生猛吃一惊的，是斜对门的裕昌祥也贴起红红绿绿的纸条，也在那里“大放盘照码九折”了！林先生昨夜想好的“如意算盘”立刻被斜对门那些红绿纸条冲一个摇摇不定。

“林老板，你真是开玩笑！昨晚上不给我回音。轮船是八点钟开，我还得转乘大车，八点钟这班船我是非走不行！请你快点——”

上海客人不耐烦地说，把一个拳头在桌子上一放。林先生只有陪不是，请他原谅，实在是因为上海打仗钱庄不通，彼此是多年的老主顾，务请格外看承。

“那么叫我空手回去么？”

“这，这，断乎不会。我们的寿生一回来，有多少付多少，我要是藏落半个钱，不是人！”

林先生颤着声音说，努力忍住了滚到眼眶边的眼泪。

话是说到尽头了，上海客人只好不再噜苏，可是他坐在那里不肯走，林先生急得什么似的，心是卜卜地乱跳。近年他虽然万分拮据，面子上可还遮得过，现在摆一个人在铺子里坐守，这件事要是传扬开去，他的信用可就完了，他的债户还多着呢，万一群起效尤，他这铺子只好立刻关门，他在没有办法中想办法，几次请这位讨账客人到内宅去坐，然而讨账客人不肯。

天又索索地下起冻雨来了。一条街上冷清清地简直没有人行。自有这条街以来，从没见过这样萧索的腊尾岁尽。朔风吹着那些招牌，嚓嚓地响。渐渐地冻雨又有变成雪花的模样。沿街店铺里的伙计们靠在柜台上仰起了脸发怔。

林先生和那位收账客人有一句没一句地闲谈着。林小姐忽然走出蝴蝶门来站在街边看那索索的冻雨。从蝴蝶门后送来的林大娘的呃呃的声音又渐渐儿加勤。林先生嘴里应酬着，一边看看女儿，又听听老婆的打呃，心里一阵一阵酸上来，想起他的一生简直毫没幸福，然而又不知道坑害他到这地步的，究竟是谁。那位上海客人似乎气平了一些了，忽然很恳切地说：

“林老板，你是个好人。一点嗜好都没有，做生意很巴结认真。放在二十年前，你怕不发财么？可是现今时势不同，捐税重，开销大，生意又清，混得过也还是你的本事。”

林先生叹一口气苦笑着，算是谦逊。

上海客人顿了一顿，又接着说下去：

“贵镇上的市面今年又比上年差些，是不是？内地全靠乡庄生意，乡下人太穷，真是没有法子，——呀，九点钟了！怎么你们的收账伙计还没来呢？这个人靠得住么？”

林先生心里一跳，暂时回答不出来。虽然是七八年的老伙计，一向没有出过岔子，但谁能保到底呢！而况又是过期不见回来。上海客人看着林先生那迟疑的神气，就笑；那笑声有几分异样。忽然那边林小姐转脸对林先生急促地叫道：

“爸爸，寿生回来了！一身泥！”

显然林小姐的叫声也是异样的，林先生跳起来，又惊又喜，着急的想跑到柜台前去看，可是心慌了，两腿发软。这时寿生已经跑了进来，当真是一身泥，气喘喘地坐下了，说不出话来。林先生估量那情形不对，吓得没有主意，也不开口。上海客人在旁边皱眉头。过了一会儿，寿生方才喘着气说：

“好险呀！差一些儿被他们抓住了。”

“到底是强盗抢了快班船么？”

林先生惊极，心一横，倒逼出话来了。

“不是强盗。是兵队拉夫呀！昨天下午赶不上趁快班。今天一早趁航船，哪里知道航船听得这里要捉船，就停在东栅外了。我上岸走不到半里路，就碰到拉夫。西面宝祥衣庄的阿毛被他们拉去了。我跑得快，抄小路逃了回来。他妈的，性命交关！”

寿生一面说，一面撩起衣服，从肚兜里掏出一个手巾包来递给了林先生，又说道：

“都在这里了。栗市的那家黄茂记很可恶，这种户头，我们明年要留心！——我去洗一个脸，换件衣服再来。”

林先生接了那手巾包，捏一把，脸上有些笑容了。他到账台里打开那手巾包来。先看一看那张“清单”，打了一会儿算盘，然后点检银钱数目，是大洋十一元，小洋二百角，钞票四百二十元，外加即期庄票[①]两张，一张是规元[②]五十两，又一张是规元六十五两。这全部付给上海客人，照账算也还差一百多元。林先生凝神想了半晌，斜眼偷看了坐在那里吸烟的上海客人几次，方才叹一口气，割肉似的拿起那两张庄票和四百元钞票捧到上海客人跟前，又说了许多话，方才得到上海客人点一下头，说一声“对啦！”

但是上海客人把庄票看了两遍，忽又笑着说道：

“对不起，林老板，这庄票，费神兑了钞票给我罢！”

“可以，可以。”

林先生连忙回答，慌忙在庄票后面盖了本店的书柬图章，派一个伙计到恒源庄去取现，并且叮嘱了要钞票。又过了半晌，伙计却是空手回来。恒源庄把票子收了，但不肯付钱；据说是抽抵了林先生的欠款。天是在当真下雪了，林先生也没张伞，冒雪到恒源庄去亲自交涉，结果是徒然。

“林老板，怎样了呢？”

看见林先生苦着脸跑回来，那上海客人不耐烦地问了。

林先生几乎想哭出来，没有话回答，只是叹气。除了央求那上海客人再通融，还有什么别的办法？寿生也来了，帮着林先生说。他们赌咒：下欠的二百多元，赶明年初十边一定汇到上海。是老主顾了，向来三节清账[③]，从没半句话，今儿实在是意外之变，大局如此，没有办法，非是他们刁赖。

然而不添一些，到底是不行的。林先生忍痛又把这几天内卖得的现款凑成了五十元，算是总共付了四百五十元，这才把那位叫人头痛的上海收账客人送走了。

此时已有十一点了，天还是飘飘扬扬落着雪。买客没有半个。林先生纳闷了一会儿，和寿生商量本街的账头怎样去收讨。两个人的眉头都皱紧了，都觉得本镇的六百多元账头收起来真没有把握。寿生挨着林先生的耳朵悄悄地说道：

"听说南栅的聚隆、西栅的和源，都不稳呢！这两处欠我们的，就有三百光景，这两笔倒账要预先防着，吃下了，可不是玩的！"

林先生脸色变了，嘴唇有点抖。不料寿生把声音再放低些，支支吾吾地说出了更骇人的消息来：

"还有，还有讨厌的谣言，是说我们这里了。恒源庄上一定听得了这些风声，这才对我们逼得那么急，说不定上海的收账客人也有点晓得——只是，谁和我们作对呢？难道就是斜对门么？"

寿生说着，就把脸向裕昌祥那边努了一努。林先生的眼光跟着寿生的嘴也向那边瞥了一下，心里直是乱跳，哭丧着脸，好半天说不出话来。他的又麻又痛的心里感到这一次他准是毁了！——不毁才是作怪，党老爷敲诈他（国民党征军饷），钱庄压逼他，同业又中伤他，而又要吃倒账，凭谁也受不了这样重重的磨折罢？而究竟为了什么他应该活受罪呀！他，从父亲手里继承下这小小的铺子，从没敢浪费；他，做生意多么巴结；他，没有害过人，没有起过歹心，就是他的祖上，也没害过人，做过歹事呀！然而他直如此命苦！

"不过，师傅，随他们去造谣罢，你不要发急，荒年传乱话，听说是镇上的店铺十家有九家没法过年关。时势不好，市面清得不成话，素来硬朗的铺子今年都打饥荒，也不是我们一家困难！天塌压大家，商会里总得议个办法出来，总不能大家一齐拖倒，弄得市面更加不像市面。"

看见林先生急苦了，寿生姑且安慰着，忍不住也叹了一口气。

雪是愈下愈密了，街上已经见白。偶尔有一条狗垂着尾巴走过，抖一抖身体，抖落了厚积在毛上的那些雪，就又悄悄地夹着尾巴走了。自从有这条街以来，从没见过这样冷落凄凉的年关！而此时，远在上海，日本军的重炮正在发疯地轰毁那边繁盛的市廛。

五

凄凉的年关，终于也过去了。镇上的大小铺子倒闭了二十八家。内中有一家“信用素著”的绸庄。欠了林先生三百元货账的聚隆与和源也毕竟倒了。大年夜的白天，寿生到那两个铺子里磨了半天，也只拿了二十多块来？这以后，就听说没有一个收账员拿到半文钱，两家铺子的老板都躲得不见面了。林先生自己呢，多亏商会长一力斡旋，还无须往乡下躲，然而欠下恒源钱庄的四百多元非要正月十五以前还清不可；并且又订了苛刻的条件，从正月初五开市那天起，恒源就要派人到林先生铺子里“守提”，卖得的钱，八成归恒源扣账。

新年那四天，林先生家里就像一个冰窖。林先生常常叹气，林大娘的打呃像连珠炮。林小姐虽然不打呃，也不叹气，但是呆呆的好像害了多年的黄病。她那件大绸新旗袍，为的要付吴妈的工钱，已经上了当铺；小学徒从清早七点钟就去那家唯一的当铺门前守候，直到九点钟方才从人堆里拿了两块钱挤出来。以后，当铺就止当了。两块钱！这已是最高价。随你值多少钱的贵重衣饰，也只能当得两块呢！叫做“两块钱封门”，乡下人忍着冷剥下身上的棉袄递上柜台去，那当铺里的伙计拿起来抖了一抖，就直丢出去，怒声喊道：“不当！”

元旦起，是大好的晴天。关帝庙前那空场上，照例来了跑江湖赶新年生意的摊贩和变把戏的杂耍。人们在那些摊子面前懒懒地拖着腿走，两手扪着空的腰包，就又懒懒地走开了。孩子们拉住了娘的衣角，赖在花炮摊前不肯走，娘就给他一个老大的耳光。那些特来赶新年的摊贩们连伙食都开销不了，白赖在“安商客寓”里，天天和客寓主人吵闹。

只有那班变把戏的出了八块钱的大生意，党老爷们唤他们去点缀了一番“升平气象”。

初四那天晚上，林先生勉强筹措了三块钱，办一席酒请铺子里的“相好”吃照例的“五路酒”[4]，商量明天开市的办法。林先生早就筹思过熟透：这铺子开下去呢，眼见得是亏本的生意，不开呢，他一家三口简直没有生计，而且到底人家欠他的货账还有四五百，他一关门更难讨取；惟一的办法是减省开支，但捐税派饷是逃不了的，“敲诈”尤其无法躲避，裁去一两个店员罢，本来他只有三个伙计，寿生是左右手，其余的两位也是怪可怜见的，况且辞歇了到底也不够招呼生意；家里呢，也无可再省，吴妈早已辞歇。他觉得只有硬着头皮做下去，或者靠菩萨的保佑，乡下人春蚕熟，他的亏空还可以补救。

但要开市，最大的困难是缺乏货品。没有现钱寄到上海去，就拿不到货。上海打得更厉害了，赊账是休转这念头。卖底货罢，他店里早已淘空，架子上那些装卫生衣的纸盒就是空的，不过摆在那里装幌子。他铺子里就剩了些日用杂货、脸盆、毛巾之类，存底还厚。

大家喝了一会闷酒，抓腮挖耳地想不出好主意。后来谈起闲天来，一个伙计忽然说：

“乱世年头，人比不上狗！听说上海闸北烧得精光，几十万人都只逃得一个光身子。虹口一带呢，烧是还没烧，人都逃光了，东洋人凶得很，不许搬东西，上海房钱涨起几倍。逃出来的人都到乡下来了，昨天镇上就到了一批，看样子都是好好的人家，现在却弄得无家可归！”

林先生摇头叹气。寿生听了这话，猛地想起了一个好办法；他放下了筷子，拿起酒杯来一口喝干了，笑嘻嘻对林先生说道：

“师傅，听得阿四的话么？我们那些脸盆、毛巾、肥皂、袜子、牙粉、牙刷，就可以如数销清了。”

林先生瞪出了眼睛，不懂得寿生的意思。

“师傅，这是天大的机会。上海逃来的人，总还有几个钱，他们总要买些日用的东西，是不是？这笔生意，我们赶快张罗。”

寿生接着又说。再筛出一杯酒来喝了，满脸是喜气。两个伙计也省悟过来了，哈哈大笑。只有林先生还不很了然。近来的逆境已经把他变成糊涂。他惘然问：

“你拿得稳么？脸盆、毛巾，别家也有——”

“师傅，你忘记了！脸盆、毛巾一类的东西只有我们存底独多！裕昌祥里拿不出十只脸盆，而且都是拣剩货。这笔生意，逃不出我们的手掌心的了！我们赶快多写几张广告到四栅去分贴，逃难人住的地方——哎，阿四，他们住在什么地方？我们也要去贴广告。”

“他们有亲戚的住到亲戚家里去了，没有的，还借住在西栅外茧厂的空房子。”

叫做阿四的伙计回答，脸上发亮，很得意自已的无意中立了大功。林先生这时也完全明白了。心里一快乐，就又灵活起来，他马上拟好了广告的底稿，专拣店里有的日用品开列上去，约莫也有十几种。他又摹仿上海大商店卖“一元货”的方法，把脸盆、毛巾、牙刷、牙粉配成一套卖一块钱，广告上就大书“大廉价，一元货”。店里本来还有余剩下的红绿纸，寿生大张的裁好了，拿笔就写。两个伙计和学徒就乱哄哄地拿过脸盆、毛巾、牙刷、牙粉来装配成一组。人手不够，林先生叫女儿出来帮着写，帮着扎配，另外又配出几种“一元货”，全是零星的日用必需品。

这一晚上，林家铺子里直忙到五更左右，方才大致就绪。第二天清早，开门鞭炮响过，排门开了，林家铺子布置得又是一新。漏夜赶起来的广告早已漏夜分头贴出去。西栅外茧厂一带是寿生亲自去布置，哄动那些借住在茧厂里的逃难人，都起来看，当做一件新闻。

“内宅”里，林大娘也起了个五更，瓷观音面前点了香，林大娘爬着磕了半天响头。她什么都祷告全了，就只差没有祷告菩萨要上海的战事再扩大再延长，好多来些逃难人。

一切都很顺利，一切都不出寿生的预料。新正开市第一天就只林家铺子生意很好，到下午四点多钟，居然卖了一百多元，是这镇上近十年来未有的新纪录。销售的大宗，果然是“一元货”，然而洋伞、橡皮、雨鞋之类却也带起了销路，并且那生意也做得干脆有味。虽然是“逃难人”，却毕竟住在上海，见过大场面，他们不像乡下人或本镇人那么小格式，他们买东西很爽利，拿起货来看了一眼，现钱交易，从不拣来拣去，也不硬要除零头。

林大娘看见女儿兴冲冲地跑进来夸说一回，就爬到瓷观音面前磕了一回头。她心里还转了这样的念头，要不是岁数相差得多，把寿生招做女婿倒也是好的！说不定在寿生那边也时常用半只眼睛看望着这位厮熟的十七岁的“师妹”。

只有一点，使林先生扫兴；恒源庄毫不顾面子地派人来提取了当天营业总数的八成。并且存户朱三阿太、桥头陈老七，还有张寡妇，不知听了谁的怂恿，都借了“要量米吃”的借口，都来预支息金，不但支息金，还想拔提一点存款呢！但也有一个喜讯，听说又到了一批逃难人。

晚餐时，林先生添了两碟荤菜，酬劳他的店员。大家称赞寿生能干。林先生虽然高兴，却不能不惦念着朱三阿太等三位存户要提存款的事情。大新年碰到这种事，总是不吉利。寿生忿然说：

“那三个懂得什么呢！还不是有人从中挑拨！”

说着，寿生的嘴又向斜对门努了一努。林先生点头。可是这三位不懂什么的，倒也难以对付，一个是老头子，两个是孤苦的女人，软说不肯，硬来又不成。林先生想了半天觉得只有去找商会长，请他去和那三位宝贝讲开。他和寿生说了，寿生也竭力赞成。

于是晚饭后算过了当天的“流水账”，林先生就去拜访商会长。

林先生说明了来意后，那商会长一口就应承了，还夸奖林先生做生意的手段高明，他那铺子一定能够站住，而且上进。摸着自己的下巴，商会长又笑了一笑，伛过身体来说道：

“有一件事，早就想对你说，只是没有机会。镇上的卜局长不知在哪里见过令爱来，极为中意，卜局长年将四十，还没有儿子，屋子里虽则放着两个人，都没生育过；要是令爱过去，生下一男半女，就是现成的局长太太。呵，那时，就连我也沾点儿光呢！”

林先生做梦也想不到会有这样的难题，当下怔住了做不得声，商会长却又郑重地接着说：

“我们是老朋友，什么话都可以讲个明白。论到这种事呢，照老派说，好像面子上不好听；然而也不尽然。现在通行这一套，令爱过去也算是正的——况且，卜局长既然有了这个心，不答应他有许多不便之处，答应了，将来倒有巴望。我是替你打算，才说这个话。”

“咳，你怕不是好意劝我仔细！可是，我是小户人家，小女又不懂规矩，高攀卜局长，实在不敢！”

林先生硬着头皮说，心里卜卜乱跳。

“哈，哈，不是你高攀，是他中意——就这么罢，你回去和尊夫人商量商量，我这里且搁着，看见卜局长时，就说还没机会提过，行不行呢？可是你得早点给我回音！”

“嗯——”

筹思了半晌，林先生勉强应着，脸色像是死人。

回到家里，林先生支开了女儿，就一五一十对林大娘说了。他还没说完，林大娘的呃就大发作，光景邻居都听得清。

她勉强抑住了那些涌上来的呃，喘着气说道：

“怎么能够答应，呃，就不是小老婆，呃，呃——我也舍不得阿秀到人家去做媳妇。”

“我也是这个意思，不过——”

“呃，我们规规矩矩做生意，呃，难道我们不肯，他好抢了去不成？呃——”

“不过他一定要来找讹头生事！这种人比强盗还狠心！”

林先生低声说，几乎落下眼泪来。

“我拼了这条老命。呃！救苦救难观世音呀！”

林大娘颤着声音站了起来，摇摇摆摆想走。林先生赶快拦住，没口地叫道：

“往哪里去？往哪里去？”

同时林小姐也从房外来了，显然已经听见了一些，脸色灰白，眼睛死瞪瞪的。林大娘看见女儿，就一把抱住了，一边哭，一边打呃，一边喃喃地挣扎着喘着气说：

“呃，阿囡，呃，谁来抢你去，呃，我同他拼老命！呃，生你那年我得了这个——病，呃，好容易养到十七岁，呃，呃，死也死在一块儿！呃，早给了寿生多么好呢！呃！强盗！不怕天打的！”

林小姐也哭了，叫着“妈！”林先生搓着手叹气。看看哭得不像样，窄房浅屋的要惊动邻舍，大新年也不吉利，他只好忍着一肚子气来劝母女两个。

这一夜，林家三口儿都没有好生睡觉。明天一早林先生还得起来做生意，在一夜的转侧愁思中，他偶尔听得屋面上一声响，心就卜卜地跳，以为是卜局长来寻他生事来了，然而定了神仔细想起来，自家是规规矩矩的生意人，又没犯法，只要生意好，不欠人家的钱，难道好无端生事，白诈他不成？而他的生意呢，眼前分明有一线生机。生了个女儿长得还端正，却又要招祸！早些定了亲，也许不会出这岔子？——商会长是不是肯真心帮忙呢，只有恳求他设法——可是林大娘又在打呃了，咳，她这病！

天刚发白，林先生就起身，眼圈儿有点红肿，头里发昏。可是他不能不打起精神招呼生意。铺面上靠寿生一个到底不行，这小伙子近几天来也就累得够了。

林先生坐在账台里，心总不定。生意虽然好，他却时时浑身的肉发抖。看见面生的大汉子上来买东西，他就疑惑是卜局长派来的人，来侦察他，来寻事，他的心直跳得发痛。

却也作怪，这天生意之好，出人意料。到正午，已经卖了五六十元，买客们中间也有本镇人。那简直不像买东西，简直像是抢东西，只有倒闭了铺子拍卖底货的时候才有这种光景。林先生一边有点高兴，一边却也看着心惊，他估量“这样的好生意气色不正”。果然在午饭的时候，寿生就悄悄告诉道：

“外边又有谣言，说是你拆烂污卖一批贱货，捞到几个钱，就打算逃走！”

林先生又气又怕，开不得口。突然来了两个穿制服的人，直闯进来问道：

“谁是林老板？”

林先生慌忙站了起来，还没回答，两个穿制服的拉住他就走。寿生追上去，想要拦阻，又想探询，那两个人厉声吆喝道：

“你是谁？滚开！党部里要他问话！”

六

那天下午，林先生就没有回来。店里生意忙，寿生又不能抽空身子尽自去探听。里边林大娘本来还被瞒着，不防小学徒漏了嘴，林大娘那一急几乎一口气死去。她又死不放林小姐出那对蝴蝶门儿，说是：

“你的爸爸已经被他们捉去了，回头就要来抢你！呃——”

她只叫寿生进来问底细，寿生瞧着情形不便直说，只含糊安慰了几句道：

“师母，不要着急，没有事的！师傅到党部里去理直那些存款呢。

我们的生意好，怕什么的！”

背转了林大娘的面，寿生悄悄告诉林小姐，“到底为什么，还没得个准信儿，”他叮嘱林小姐且安心伴着“师母”，外边事有他呢。林小姐一点主意也没有，寿生说一句，她就点一下头。

这样又要招顾外面的生意，又要挖空心思找出话来对付林大娘不时的追询，寿生更没有工夫去探听林先生的下落。直到上灯时分，这才由商会长给他一个信，林先生是被党部扣住了，为的外边谣言林先生打算卷款逃走，然而林先生除有庄款和客账未清外，还有朱三阿太、桥头陈老七、张寡妇三位孤苦人儿的存款共计六百五十元没有保障，党部里是专替这些孤苦人儿谋利益的，所以把林先生扣起来，要他理直这些存款。

寿生吓得脸都黄了，呆了半晌，方才问道：

“先把人保出来，行么？人不出来，哪里去弄钱来呢？”

“嘿！保出人来！你空手去，让你保么？”

“会长先生。总求你想想法子，做好事。师傅和你老人家向来交情也不差，总求你做做好事！”

商会长皱着眉头沉吟了一会儿，又端详着寿生半晌，然后一把拉寿生到屋角里悄悄说道：

“你师傅的事，我岂有袖手旁观之理。只是这件事现在弄僵了！老实对你说，我求过卜局长出面讲情，卜局长只要你师傅答应一样事，他是肯帮忙的，我刚才到党部里会见你的师傅，劝他答应，他也答应了，那不是事情完了么？不料党部里那个黑麻子真可恶，他硬不肯——”

“难道他不给卜局长面子？”

“就是呀！黑麻子反而啰里啰嗦说了许多，卜局长几乎下不得台。

两个人闹翻了！这不是这件事弄得僵透？”

寿生叹了口气，没有主意；停了会儿，他又叹一口气说：

“可是师傅并没犯什么罪。”

“他们不同你讲理！谁有势，谁就有理！你去对林大娘说，放心，还没吃苦，不过要想出来，总得花点儿钱！”

商会长说着，伸两个指头一扬，就匆匆地走了。

寿生沉吟着，没有主意，两个伙计攒住他探问，他也不回答。商会长这番话，可以告诉“师母”么？又得花钱！“师母”有没有私蓄，他不知道；至于店里，他很明白，两天来卖得的现钱，被恒源提了八成去，剩下只有五十多块，济得什么事！商会长示意总得两百。知道还够不够呀！照这样下去，生意再好些也不中用。他觉得有点灰心了。

里边又在叫他了！他只好进去瞧光景再定主意。

林大娘扶住了女儿的肩头，气喘喘地问道：

“呃，刚才，呃——商会长来了，呃，说什么？”

“没有来呀！”

寿生撒一个谎。

“你不用瞒我，呃——我，呃，全知道了；呃，你的脸色吓得焦黄！阿秀看见的，呃！”

“师母放心，商会长说过不要紧——卜局长肯帮忙——”

“什么？呃，呃——什么？卜局长肯帮忙！——呃，呃，大慈大悲的菩萨，呃，不要他帮忙！呃，呃，我知道，你的师傅，呃呃，没有命了！呃，我也不要活了！呃，只是这阿秀，呃，我放心不下！呃，呃，你同了她去！呃，你们好好的做人家！呃，呃，寿生，呃，你待阿秀好，我就放心了！呃，去呀！他们要来抢！呃——狠心的强盗！观世音菩萨怎么不显灵呀！”

寿生睁大了眼睛，不知道怎样回话。他以为“师母”疯了，但可又一点不像疯。他偷眼看他的“师妹”，心里有点跳；林小姐满脸通红，低了头不作声。

“寿生哥，寿生哥，有人找你说话！”

小学徒一路跳着喊进来。寿生慌忙跑出去，总以为又是商会长什么的来了，哪里知道竟是斜对门裕昌祥的掌柜吴先生。“他来干什么？”寿生肚子里想，眼光盯住在吴先生的脸上。

吴先生问过了林先生的消息，就满脸笑容，连说“不要紧”。寿生觉得那笑脸有点异样。

“我是来找你划一点货——”

吴先生收了笑容，忽然转了口气，从袖子里摸出一张纸来。是一张横单，写着十几行，正是林先生所卖“一元货”的全部。寿生一眼瞧见就明白了，原来是这个把戏呀！他立刻说：

“师傅不在，我不能做主。”

“你和你师母说，还不是一样！”

寿生踌躇着不能回答。他现在有点懂得林先生之所以被捕了。先是谣言林先生要想逃，其次是林先生被扣住了，而现在却是裕昌祥来挖货，这一连串的线索都明白了。寿生想来有点气，又有点怕，他很知道，要是答应了吴先生的要求，那么，林先生的生意，自己的一番心血，都完了。可是不答应呢，还有什么把戏来，他简直不敢想下去了。最后他姑且试一试说：

"那么，我去和师母说，可是，师母女人家专要做现钱交易。"

"现钱么？哈，寿生，你是说笑话罢？"

"师母是这种脾气，我也是没法。最好等明天再来谈罢。刚才商会长说，卜局长肯帮忙讲情，光景师傅今晚上就可以回来了。"

寿生故意冷冷地说，就把那张横单塞还吴先生的手里。吴先生脸上的肉一跳，慌忙把横单又推回到寿生手里，一面没口应承道：

"好，好，现账就是现账。今晚上交货，就是现账。"

寿生皱着眉头再到里边，把裕昌祥来挖货的事情对林大娘说了，并且劝她：

"师母，刚才商会长来，确实说师傅好好的在那里，并没吃苦，不过总得花几个钱，才能出来。店里只有五十块。现在裕昌祥来挖货，照这单子上看，总也有一百五十块光景，还是挖给他们罢，早点救师傅出来要紧！"

林大娘听说又要花钱，眼泪直淌，那一阵呃，当真打得震天响，她只是摇手，说不出话，头靠在桌子上，把桌子捶得怪响。寿生瞧来不是路，悄悄地退出去，但在蝴蝶门边，林小姐追上来了。她的脸色像死人一样白，她的声音抖而且哑，她急口地说：

"妈是气糊涂了！总说爸爸已经被他们弄死了！你，你赶快答应裕昌祥，赶快救爸爸！寿生哥，你——"

林小姐说到这里，忽然脸一红，就飞快地跑进去了。寿生望着她的后影，呆立了半分钟光景，然后转身，下决心担负这挖货给裕昌祥的责任，至少"师妹"是和他一条心要这么办了。

夜饭已经摆在店铺里了，寿生也没有心思吃，立等着裕昌祥交过钱来，他拿一百在手里，另外身边藏了八十，就飞跑去找商会长。

半点钟后，寿生和林先生一同回来了。跑进“内宅”的时候，林大娘看见了倒吓一跳。认明是当真活的林先生时，林大娘急急爬在瓷观音前磕响头，比她打呃的声音还要响。林小姐光着眼睛站在旁边，像是要哭，又像是要笑。寿生从身旁掏出一个纸包来，放在桌子上说：

“这是多下来的八十块钱。”

林先生叹了一口气，过一会儿，方才有声没气地说道：

“让我死在那边就是了，又花钱弄出来！没有钱，大家还是死路一条！”

林大娘突然从地下跳起来，着急地想说话，可是一连串的呃把她的话塞住了。林小姐忍住了声音，抽抽咽咽地哭。林先生却还不哭，又叹一口气，哽咽着说：

“货是挖空了！店开不成，债又逼得紧——”

“师傅！”

寿生叫了一声，用手指蘸着茶，在桌子上写了一个“走”字给林先生看。

林先生摇头，眼泪扑簌簌地直淌；他看看林大娘，又看看林小姐，又叹一口气。

“师傅！只有这一条路了。店里拼凑起来，还有一百块，你带了去，过一两个月也就够了；这里的事，我和他们理直。”

寿生低声说。可是林大娘却偏偏听得了，她忽然抑住了呃，抢着叫道：

“你们也去！你，阿秀。放我一个人在这里好了，我拼老命！呃！”

忽然异常少健起来，林大娘转身跑到楼上去了。林小姐叫着“妈”，随后也追了上去。林先生望着楼梯发怔，心里感到有什么要紧的事，却又乱麻麻地总是想不起。寿生又低声说：

“师傅，你和师妹一同走罢！师妹在这里，师母是不放心的！她总说他们要来抢——”

林先生淌着眼泪点头，可是打不起主意。

寿生忍不住眼圈儿也红了，叹一口气，绕着桌子走。

忽然听得林小姐的哭声。林先生和寿生都一跳。他们赶到楼梯头时，林大娘却正从房里出来，手里捧一个皮纸包儿。看见林先生和寿生都已在楼梯头了，她就缩回房去，嘴里说“你们也来，听我的主意”。她当着林先生和寿生的跟前，指着那纸包说道：

“这是我的私房，呃，光景有两百多块。分一半你们拿去。呃！阿秀，我做主配给寿生！呃，明天阿秀和她爸爸同走。呃，我不走！寿生陪我几天再说。呃，知道我还有几天活，呃，你们就在我面前拜一拜，我也放心！呃——”

林大娘一手拉着林小姐，一手拉着寿生，就要他们“拜一拜”。

都拜了，两个人脸上飞红，都低着头。寿生偷眼看林小姐，看见她的泪痕中含着一些笑意，寿生心头卜卜地跳了，反倒落下两滴眼泪。

林先生松一口气，说道：

“好罢，就是这样。可是寿生，你留在这里对付他们，万事要细心！”

七

林家铺子终于倒闭了。林老板逃走的新闻传遍了全镇。债权人中间的恒源庄首先派人到林家铺子里封存底货。他们又搜寻账簿。一本也没有了。问寿生。寿生躺在床上害病。又去逼问林大娘。林大娘的回答是连珠炮似的打呃和眼泪鼻涕。

为的她到底是“林大娘”，人们也没有办法。

十一点钟光景，大群的债权人在林家铺子里吵闹得异常厉害。恒源庄和其他的债权人争执怎样分配底货。铺子里虽然淘空，但连“生财”合计,也足够偿还债权者七成,然而谁都只想给自己争得九成或竟至十成。商会长说得舌头都有点僵硬了，却没有结果。

来了两个警察，拿着木棍站在门口吆喝那些看热闹的闲人。

“怎么不让我进去？我有三百块钱的存款呀！我的老本！”朱三阿太扭着瘪嘴唇和警察争论，巍颤颤地在人堆里挤。她额上的青筋就有小指头儿那么粗。她挤了一会儿，忽然看见张寡妇抱着五岁的孩子在那里哀求另一个警察放她进去。那警察斜着眼睛，假装是调弄那孩子，却偷偷地用手背在张寡妇的乳部揉摸。

“张家嫂呀——”

朱三阿太气喘喘地叫了一声，就坐在石阶沿上，用力地扭着她的瘪嘴唇。

张寡妇转过身来，找寻是谁唤她；那警察却用了亵昵的口吻叫道：

“不要性急！再过一会儿就进去！”

听得这句话的闲人都笑起来了。张寡妇装作不懂，含着一泡眼泪，无目的地又走了一步。恰好看见朱三阿太坐在石阶沿上喘气。张寡妇跌撞似的也到了朱三阿太的旁边，也坐在那石阶沿上，忽然就放声大哭。她一边哭，一边喃喃地诉说：

“阿大的爷呀，你丢下我去了，你知道我是多么苦啊！强盗兵打杀了你，前天是三周年……绝子绝孙的林老板又倒了铺子，——我十个指头做出来的百几十块钱，丢在水里了，也没响一声！啊哟！穷人命苦，有钱人心狠——”

看见妈哭，孩子也哭了，张寡妇搂住了孩子，哭得更伤心。

朱三阿太却不哭，弩起了一对发红的已经凹陷的眼睛，发疯似的反复说着一句话：

“穷人是一条命，有钱人也是一条命；少了我的钱，我拼老命！”

此时有一个人从铺子里挤出来，正是桥头陈老七。他满脸紫青，一边挤，一边回过头去嚷骂道：

“你们这伙强盗！看你们有好报！天火烧，地火爆，总有一天现在我陈老七眼睛里呀！要吃倒账，就大家吃，分摊到一个边皮儿，也是公平，——”

陈老七正骂得起劲，一眼看见了朱三阿太和张寡妇，就叫着她们的名字说：

“三阿太，张家嫂，你们怎么坐在这里哭！货色，他们分完了！我一张嘴吵不过他们十几张嘴，这班狗强盗不讲理，硬说我们的钱不算账，——”

张寡妇听说，哭得更加苦了。先前那个警察忽然又踅过来，用木棍子拨着张寡妇的肩膀说：

“喂，哭什么？你的养家人早就死了。现在还哭哪一个！”

“狗屁！人家抢了我们的，你这东西也要来调戏女人么？”陈老七怒冲冲地叫起来，用力将那警察推了一把。那警察睁圆了怪眼睛，扬起棍子就想要打。闲人们都大喊，骂那警察。另一个警察赶快跑来，拉开了陈老七说：

“你在这里吵，也是白吵。我们和你无怨无仇，商会里叫来守门，吃这碗饭，没办法。”

“陈老七，你到党部里去告状罢！”

人堆里有一个声音这么喊。听声音就知道是本街有名的闲汉陆和尚。

“去，去！看他们怎样说。”

许多声音乱叫了。但是那位作调人的警察却冷笑，扳着陈老七的肩膀道：

“我劝你少找点麻烦罢。到那边，中什么用！你还是等候林老板回来和他算账，他倒不好白赖。”

陈老七虎起了脸孔，弄得没有主意了。经不住那些闲人们都撺怂着“去”，他就看着朱三阿太和张寡妇说道：

“去去怎样？那边是天天大叫保护穷人的呀！”

“不错。昨天他们扣住了林老板，也是说防他逃走，穷人的钱没有着落！”

又一个主张去的拉长了声音叫。于是不由自主似的，陈老七他们三个和一群闲人都向党部所在那条路去了。张寡妇一路上还是啼哭，咒骂打杀了她丈夫的强盗兵，咒骂绝子绝孙的林老板，又咒骂那个恶狗似的警察。

快到了目的地时，望见那门前排立着四个警察，都拿着棍子，远远地就吆喝道：

“滚开！不准过来！”

“我们是来告状的，林家铺子倒了，我们存在那里的钱都拿不到——”

陈老七走在最前排，也高声地说。可是从警察背后突然跳出一个黑麻子来，怒声喝打。警察们却还站着，只用嘴威吓。陈老七背后的闲人们大噪起来。黑麻子怒叫道：

“不识好歹的贱狗！我们这里管你们那些事么？再不走，就开枪了！”

他跺着脚喝那四个警察动手打。陈老七是站在最前，已经挨了几棍子。闲人们大乱。朱三阿太老迈，跌倒了。张寡妇慌忙中落掉了鞋子，给人们一冲，也跌在地下，她连滚带爬躲过了许多跳过的和踏上来的脚，站起来跑了一段路，方才觉到她的孩子没有了。看衣襟上时，有几滴血。

“啊哟！我的宝贝！我的心肝！强盗杀人了，玉皇大帝救命呀！”

她带哭带嚷的快跑，头发纷散；待到她跑过那倒闭了的林家铺面时，她已经完全疯了！

1932 年 6 月 18 日作完

本篇初发表于一九三二年七月《申报月刊》第一卷第一期。曾收入《春蚕》和《茅盾文集》第七卷。

① 庄票是旧中国钱庄签发的由发票者付款的票据，亦称本票。可视作现金在市面流通。

②规元是当时上海通行的只作记账用而无实银的一种记账货币。

③三节清账是指旧时商家于端午、中秋、旧历年关时清理人欠和欠人的各项账目。

④“五路酒”指的是“财神酒”。旧时商家于农历正月初四设酒以迎五路财神。

春　蚕

一

老通宝坐在“塘路”边的一块石头上，长旱烟管斜摆在他身边。“清明”节后的太阳已经很有力量，老通宝背脊上热烘烘的，像背着一盆火。“塘路”上拉纤的快班船上的绍兴人只穿了一件蓝布单衫，敞开了大襟，弯着身子拉，额角上黄豆大的汗粒落到地下。

看着人家那样辛苦地劳动，老通宝觉得身上更加热了，热得有点儿发痒。他还穿着那件过冬的破棉袄，他的夹袄还在当铺里，却不防才得“清明”边，天就那么热。

“真是天也变了！”

老通宝心里说，就吐一口浓厚的唾沫。在他面前那条“官河”内，水是绿油油的，来往的船也不多，镜子一样的水面这里那里起了几道皱纹或是小小的涡旋，那时候，倒影在水里的泥岸和岸边成排的桑树，都晃乱成灰暗的一片。可是不会很长久的。渐渐儿那些树影又在水面上显现，一弯一曲地蠕动，像是醉汉，再过一会儿，终于站定了，依然是很清晰的倒影。那拳头模样的桠枝顶都已经簇生着小手指儿那么大的嫩绿叶。这密密层层的桑树，沿着那“官河”一直望去，好像没有尽头。田里现在还只有干裂的泥块，这一带，现在是桑树的势力！在老通宝背后，也是大片的桑林，矮矮的、静穆的，在热烘烘的太阳光下，似乎那“桑拳”上的嫩绿叶过一秒钟就会大一些。

离老通宝坐处不远，一所灰白色的楼房蹲在“塘路”边，那是茧厂。十多天前驻扎过军队，现在那边田里留着几条短短的战壕。那时都说东洋兵要打进来，镇上有钱人都逃光了；现在兵队又开走了，那座茧厂依旧空关在那里，等候春茧上市的时候再热闹一番，老通宝也听得镇上小陈老爷的儿子——陈大少爷说过，今年上海不太平，丝厂都关门，恐怕这里的茧厂也不能开，但老通宝是不肯相信的。他活了六十岁，反乱年头也经过好几个，从没见过绿油油的桑叶白养在树上等到成了“枯叶”去喂羊吃，除非是“蚕花”不熟，但那是老天爷的“权柄”，谁又能够未卜先知？

“才得清明边，天就那么热！”

老通宝看着那些桑拳上怒茁的小绿叶儿，心里又这么想，同时有几分惊异，有几分快活。他记得自己还是二十多岁少壮的时候，有一年也是“清明”边就得穿夹，后来就是“蚕花二十四分”，自己也就在这一年成了家。那时，他家正在“发”；他的父亲像一头老牛似的，什么都懂得，什么都做得，便是他那创家立业的祖父，虽说在长毛窝里吃过苦头，却也愈老愈硬朗。那时候，老陈老爷去世不久，小陈老爷还没抽上鸦片烟，“陈老爷家”也不是现在那么不像样的。老通宝相信自己一家和“陈老爷家”虽则一边是高门大户，而一边不过是种田人，然而两家的运命好像是一条线儿牵着。不但“长毛造反”那时候，老通宝的祖父和陈老爷同被长毛掳去，同在长毛窝里混上了六七年，不但他们俩同时从长毛营盘里逃了出来，而且偷得了长毛的许多金元宝——人家到现在还是这么说；并且老陈老爷做丝生意“发”起来的时候，老通宝家养蚕也是年年都好，十年中间挣得了二十亩的稻田和十多亩的桑地，还有三开间两进的一座平屋。这时候，老通宝家在东村庄上被人人所妒羡，也正像“陈老爷家”在镇上是数一数二的大户人家。可是以后，两家都不行了；老通宝现在已经没有自己的田地，反欠出三百多块钱的债，“陈老爷家”也早已完结。人家都说“长毛鬼”在阴间告了一状，阎罗王追还“陈老爷家”的金元宝横财，所以败得这么快。这个，老通宝也有几分相信，不是鬼使神差，好端端的小陈老爷怎么会抽上了鸦片烟？

可是老通宝死也想不明白为什么“陈老爷家”的“败”会牵动到他家。他确实知道自己家并没得过长毛的横财。虽则听死了的老头子说，好像那老祖父逃出长毛营盘的时候，不巧撞着了一个巡路的小长毛，当时没法，只好杀了他，——这是一个“结”！然而从老通宝懂事以来，他们家替这小长毛鬼拜忏念佛烧纸锭，记不清有多少次了。这个小冤魂，理应早投凡胎。老通宝虽然不很记得祖父是怎样“做人”，但父亲的勤俭忠厚，他是亲眼看见的，他自己也是规矩人，他的儿子阿四、儿媳四大娘，都是勤俭的。就是小儿子阿多年纪轻，有几分“不知苦辣”，可是毛头小伙子，大都这么着，算不得“败家相”！

老通宝抬起他那焦黄的皱脸，苦恼地望着他面前的那条河，河里的船，以及两岸的桑地。一切都和他二十多岁时差不了多少，然而“世界”到底变了。他自己家也要常常把杂粮当饭吃一天，而且又欠出了三百多块钱的债。

呜！呜，呜，呜——

汽笛叫声突然从那边远远的河身的弯曲地方传了来。就在那边，蹲着又一个茧厂，远望去隐约可见那整齐的石“帮岸”。一条柴油引擎的小轮船很威严地从那茧厂后驶出来，拖着三条大船，迎面向老通宝来了。满河平静的水立刻激起泼剌剌的波浪，一齐向两旁的泥岸卷过来。一条乡下“赤膊船”赶快拢岸，船上人揪住了泥岸上的树根，船和人都好像在那里打秋千。轧轧轧的轮机声和洋油臭，飞散在这和平的绿的田野。老通宝满脸恨意，看着这小轮船来，看着它过去，直到又转一个弯，呜呜呜地又叫了几声，就看不见。老通宝向来仇恨小轮船这一类洋鬼子的东西！他从没见过洋鬼子，可是他从他的父亲嘴里知道老陈老爷见过洋鬼子：红眉毛，绿眼睛，走路时两条腿是直的。并且老陈老爷也是很恨洋鬼子，常常说“铜钿都被洋鬼子骗去了”。老通宝看见老陈老爷的时候，不过八九岁，——现在他所记得的关于老陈老爷的一切都是听来的，可是他想起了“铜钿都被洋鬼子骗去了”这句话，就仿佛看见了老陈老爷捋着胡子摇头的神气。

洋鬼子怎样就骗了钱去，老通宝不很明白。但他很相信老陈老爷的话一定不错。并且他自己也明明看到自从镇上有了洋纱、洋布、洋油，——这一类洋货，而且河里更有了小火轮船以后，他自己田里生出来的东西就一天一天不值钱，而镇上的东西却一天一天贵起来。他父亲留下来的一分家产就这么变小，变做没有，而且现在负了债，老通宝恨洋鬼子不是没有理由的！他这坚定的主张，在村坊上很有名。五年前，有人告诉他：朝代又改了，新朝代是要“打倒”洋鬼子的。老通宝不相信。为的他上镇去看见那新到的喊着“打倒洋鬼子”的年轻人们都穿了洋鬼子衣服。他想来这伙年轻人一定私通洋鬼子，却故意来骗乡下人。后来果然就不喊“打倒洋鬼子”了，而且镇上的东西更加一天一天贵起来，派到乡下人身上的捐税也更加多起来。老通宝深信这都是串通了洋鬼子干的。

然而更使老通宝去年几乎气成病的，是茧子也是洋种的卖得好价钱；洋种的茧子，一担要贵上十多块钱。素来和儿媳总还和睦的老通宝，在这件事上可就吵了架。儿媳四大娘去年就要养洋种的蚕。小儿子跟他嫂嫂是一路，那阿四虽然嘴里不多说，心里也是要洋种的。老通宝拗不过他们，末了只好让步。现在他家里有的五张蚕种，就是土种四张，洋种一张。

“世界真是越变越坏！过几年他们连桑叶都要洋种了！我活得厌了！”

老通宝看着那些桑树，心里说，拿起身边的长旱烟管恨恨地敲着脚边的泥块。太阳现在正当他头顶，他的影子落在泥地上，短短的像一段乌焦木头，还穿着破棉袄的他，觉得浑身燥热起来了。他解开了大襟上的纽扣，又抓着衣角扇了几下，站起来回家去。

那一片桑树背后就是稻田。现在大部分是匀整的半翻着的燥裂的泥块。偶尔也有种了杂粮的，那黄金一般的菜花散出强烈的香味。那边远远的一簇房屋，就是老通宝他们住了三代的村坊，现在那些屋上都袅起了白的炊烟。

老通宝从桑林里走出来，到田塍上，转身又望那一片爆着嫩绿的桑树。忽然那边田里跳跃着来了一个十来岁的男孩子，远远地就喊道：

"阿爹！妈等你吃中饭呢！"

"哦——"

老通宝知道是孙子小宝，随口应着，还是望着那一片桑林，才只得"清明"边，桑叶尖儿就抽得那么小指头儿似的，他一生就只见过两次。今年的蚕花，光景是好年成。三张蚕种，该可以采多少茧子呢？只要不像去年，他家的债也许可以拨还一些罢。

小宝已经跑到他阿爹的身边了，也仰着脸看那绿绒似的桑拳头，忽然他跳起来拍着手唱道：

"清明削口，看蚕娘娘拍手！"①老通宝的皱脸上露出笑容来了。他觉得这是一个好兆头。他把手放在小宝的"和尚头"上摩着，他的被穷苦弄麻木了的老心里勃然又生出新的希望来了。

二

天气继续暖和，太阳光催开了那些桑拳头上的小手指儿模样的嫩叶，现在都有小小的手掌那么大了。老通宝他们那村庄四周围的桑林似乎发长得更好，远望去像一片绿锦平铺在密密层层灰白色矮矮的篱笆上。"希望"在老通宝和一般农民们的心里一点一点、一天一天强大。蚕事的动员令也在各方面发动了。藏在柴房里一年之久的养蚕用具都拿出来洗刷修补。那条穿村而过的小溪旁边，蠕动着村里的女人和孩子，工作着、嚷着、笑着。

这些女人和孩子们都不是十分健康的脸色，——从今年开春起，他们都只吃个半饱；他们身上穿的，也只是些破旧的衣服。实在他们的情形比叫花子好不了多少。然而他们的精神都很不差。他们有很大的忍耐力，又有很大的幻想。虽然他们都负了天天在增大的债，可是他们那简单的头脑老是这么想：只要蚕花熟，就好了！他们想象到一个月以后那些绿油油的桑叶就会变成雪白的茧子，于是又变成丁丁当当响的洋钱，他们虽然肚子里饿得咕咕地叫，却也忍不住要笑。

这些女人中间也就有老通宝的媳妇四大娘和那个十二岁的小宝。这娘儿两个已经洗好了那些“团匾”和“蚕箪”②，坐在小溪边的石头上撩起布衫角揩脸上的汗水。

“四阿嫂！你们今年也看（养）洋种么？”

小溪对岸的一群女人中间有一个二十岁左右的姑娘隔溪喊过来了。四大娘认得是隔溪的对门邻舍陆福庆的妹子六宝。四大娘立刻把她的浓眉毛一挺，好像正想找人吵架似的嚷了起来：

“不要来问我！阿爹做主呢！——小宝的阿爹死不肯，只看了一张洋种！老糊涂的听得带一个洋字就好像见了七世冤家！洋钱，也是洋，他倒又要了！”

小溪旁那些女人们听得笑起来了。这时候有一个壮健的小伙子正从对岸的陆家稻场上走过，跑到溪边，跨上了那横在溪面用四根木头并排做成的雏形的“桥”。四大娘一眼看见，就丢开了“洋种”问题，高声喊道：

“多多弟！来帮我搬东西罢！这些匾，浸湿了，就像死狗一样重！”

小伙子阿多也不开口，走过来拿起五六只“团匾”，湿漉漉地顶在头上，却空着一双手，划桨似的荡着，就走了。这个阿多高兴起来时，什么事都肯做，碰到同村的女人们叫他帮忙拿什么重家伙，或是下溪去捞什么，他都肯，可是今天他大概有点不高兴，所以只顶了五六只“团匾”去，却空着一双手。那些女人们看着他戴了那特别大箬帽似的一叠“匾”，袅着腰，学镇上女人的样子走着，又都笑起来了，老通宝家紧邻的李根生的老婆荷花一边笑，一边叫道：

“喂，多多头！回来！也替我带一点儿去！”

“叫我一声好听的，我就给你拿。”

阿多也笑着回答，仍然走。转眼间就到了他家的廊下，就把头上的“团匾”放在廊檐口。

“那么，叫你一声干儿子！”

荷花说着就大声地笑起来，她那出众的白净然而扁得作怪的脸上看去就好像只有一张大嘴和眯紧了好像两条线一般的细眼睛。她原是镇上人家的婢女，嫁给那不声不响整天苦着脸的半老头子李根生还不满半年，可是她的爱和男子们胡调已经在村中很有名。

“不要脸的！”

忽然对岸那群女人中间有人轻声骂了一句。荷花的那对细眼睛立刻睁大了，怒声嚷道：

“骂哪一个？有本事，当面骂，不要躲！”

“你管得我？棺材横头踢一脚，死人肚里自得知，我就骂那不要脸的骚货！”

隔溪立刻回骂过来了，这就是那六宝，又一位村里有名淘气的大姑娘。

于是对骂之下，两边又泼水。爱闹的女人也夹在中间帮这边帮那边。小孩子们笑着狂呼。四大娘是老成的，提起她的“蚕箪”，喊着小宝，自回家去。阿多站在廊下看着笑。他知道为什么六宝要跟荷花吵架；他看着那“辣货”六宝挨骂，倒觉得很高兴。

老通宝掮着一架“蚕台”[3]从屋子里出来。这三棱形家伙的木梗子有几条给白蚂蚁蛀过了，怕的不牢，须得修补一下。看见阿多站在那里笑嘻嘻地望着外边的女人们吵架，老通宝的脸色就板起来了。他这“多多头”的小儿子不老成，他知道。尤其使他不高兴的，是多多也和紧邻的荷花说说笑笑。“那母狗是白虎星，惹上了她就得败家”——老通宝时常这样警戒他的小儿子。

“阿多！空手看野景么？阿四在后边扎‘缀头’[4]，你去帮他！”

老通宝像一匹疯狗似的咆哮着，火红的眼睛一直盯住了阿多的身体，直到阿多走进屋里去，看不见了，老通宝方才提过那“蚕台”来反复审察，慢慢地动手修补。木匠生活，老通宝早年是会的；但近来他老了，手指头没有劲，他修了一会儿，抬起头来喘气，又望望屋里挂在竹竿上的三张蚕种。

四大娘就在廊檐口糊“蚕箪”。去年他们为的想省几百文钱，是买了旧报纸来糊的。老通宝直到现在还说是因为用了报纸——不惜字纸，所以去年他们的蚕花不好。今年是特地全家少吃一餐饭，省下钱来买了“糊箪纸”来了。四大娘把那鹅黄色坚韧的纸儿糊得很平贴，然后又照品字式糊上三张小小的花纸——那是跟“糊箪纸”一块儿买来的，一张印的花色是“聚宝盆”，另两张都是手执尖角旗的人儿骑在马上，据说是“蚕花太子”。

“四大娘！你爸爸做中人借来三十块钱，就只买了二十担叶。后天米又吃完了，怎么办？”

老通宝气喘喘地从他的工作里抬起头来，望着四大娘。那三十块钱是二分半的月息。总算有四大娘的父亲张财发做中人，那债主也就是张财发的东家“做好事”，这才只要了二分半的月息。条件是蚕事完后本利归清。

四大娘把糊好了的“蚕箪”放在太阳底下晒，好像生气似的说：

“都买了叶！又像去年那样多下来——”

“什么话！你倒先来发利市了！年年像去年么？自家只有十来担叶，五张布子（蚕种），十来担叶够么？”

“噢，噢！你总是不错的！我只晓得有米烧饭，没米饿肚子！”

四大娘气哄哄地回答；为了那“洋种”问题，她到现在常要和老通宝抬杠。

老通宝气得脸都紫了。两个人就此再没有一句话。

但是“收蚕”的时期一天一天逼近了。这二三十人家的小村落突然呈现了一种大紧张、大决心、大奋斗，同时又是大希望。人们似乎连肚子饿都忘记了。老通宝他们家东借一点，西赊一点，居然也一天一天过着来，也不仅老通宝他们，村里哪一家有两三斗米放在家里呀！去年秋收固然还好，可是地主、债主，正税、杂捐，一层一层地剥削来，早就完了。现在他们唯一的指望就是春蚕，一切临时借贷都是指明在这“春蚕收成”中偿还。

他们都怀着十分希望又十分恐惧的心情来准备这春蚕的大搏战！

“谷雨”节一天近一天了。村里二三十人家的“布子”都隐隐现出绿色来。女人们在稻场上碰见时，都匆忙地带着焦灼而快乐的口气互相告诉道：

“六宝家快要‘窝种’[5]了呀！”

“荷花说她家明天就要‘窝’了。有这么快！”

“黄道士去测一字，今年的青叶要贵到四洋！”

四大娘看自家的五张“布子”。不对！那黑芝麻似的一片细点子还是黑沉沉，不见绿影。她的丈夫阿四拿到亮处去细看，也找不出几点“绿”来。四大娘很着急：

“你就先‘窝’起来罢！这余杭种，作兴是慢一点的。”

阿四看着他老婆，勉强自家宽慰。四大娘堵起了嘴巴不回答。

老通宝哭丧着干皱的老脸，没说什么，心里却觉得不妙。

幸而再过了一天，四大娘再细心看那“布子”时，哈，有几处转成绿色了！而且绿得很有光彩。四大娘立刻告诉了丈夫，告诉了老通宝、多多头，也告诉了她的儿子小宝。她就把那些布子贴肉揾在胸前，抱着吃奶的婴孩似的静静儿坐着，动也不敢多动了。夜间，她抱着那五张“布子”到被窝里，把阿四赶去和多多头做一床。那“布子”上密密麻麻的蚕子儿贴着肉，怪痒痒的，四大娘很快活，又有点儿害怕，她第一次怀孕时胎儿在肚子里动，她也是那样半惊半喜的！

全家都是惴惴不安地又很兴奋地等候“收蚕”。只有多多头例外。他说：今年蚕花一定好，可是想发财却是命里不曾来。老通宝骂他多嘴，他还是要说。

蚕房早已收拾好了。“窝种”的第二天，老通宝拿一个大蒜头涂上一些泥[6]，放在蚕房的墙脚边，这也是年年的惯例，但今番老通宝更加虔诚，手也抖了。去年他们“卜”得非常灵验。可是去年那“灵验”，现在老通宝想也不敢想。

现在这村里家家都在“窝种”了。稻场上和小溪边顿时少了那些女人们的踪迹。一个“戒严令”也在无形中颁布了，乡农们即使平日是最好的，也不往来，人客来冲了蚕神不是玩的！他们至多在稻场上低声交谈一二句就走开。这是个“神圣”的季节。

老通宝家的五张布子上也有些“乌娘”[7]蠕蠕地动了。于是全家的空气，突然紧张。那正是“谷雨”前一日。四大娘料来可以挨过了“谷雨”[8]节那一天。布子不须再“窝”了，很小心地放在“蚕房”里。老通宝偷眼看一下那个躺在墙脚边的大蒜头，他心里就一跳。那大蒜头上还只有一两茎绿芽！老通宝不敢再看，心里祷祝后天正午会有更多更多的绿芽。

终于“收蚕”的日子到了。四大娘心神不定地淘米烧饭，时时看饭锅上的热气有没有直冲上来，老通宝拿出预先买了来的香烛点起来，恭恭敬敬放在灶君神位前。阿四和阿多去到田里采野花。小小宝帮着把灯芯草剪成细末子，又把采来的野花揉碎。一切都准备齐全了时，太阳也近午刻了，饭锅上水蒸气嘟嘟地直冲，四大娘立刻跳了起来，把“蚕花”[9]和一对鹅毛插在发案上，就到“蚕房”里。老通宝拿着秤杆，阿四拿了那揉碎的野花片儿和灯芯草碎末。四大娘揭开“布子”，就从阿四手里拿过那野花碎片和灯芯草末子撒在“布子”上，又接过老通宝手里的秤杆来，将“布子”挽在秤杆上，于是拔下发髻上的鹅毛在“布子”上轻轻儿拂，野花片、灯芯草末子，连同“乌娘”，都拂在那“蚕箪”里了。一张、两张……都拂过了，最后一张是洋种，那就收在另一个“蚕箪”里。末了，四大娘又拔下发髻上那朵“蚕花”，跟鹅毛一块插在“蚕箪”的边儿上。

这是一个隆重的仪式！千百年相传的仪式！那好比是誓师典礼，以后就要开始了一个月光景的和恶劣的天气和厄运以及和不知什么的连日连夜无休息的大决战！

“乌娘”在“蚕箪”里蠕动，样子非常强健，那黑色也是很正路的。四大娘和老通宝他们都放心地松一口气了。但当老通宝悄悄地把那个“命运”的大蒜头拿起来看时，他的脸色立刻变了！大蒜头上还只得三四茎嫩芽！天呐！难道又同去年一样？

三

然而那“命运”的大蒜头这次竟不灵验。老通宝家的蚕非常好！虽然头眠、二眠的时候连天阴雨，气候是比“清明”边似乎还要冷一点，可是那些“宝宝”都很强健。

村里别人家的“宝宝”也都不差。紧张的快乐弥漫了全村庄，似那小溪里淙淙的流水也像是朗朗的笑声了。只有荷花家是例外。她们家看了一张“布子”，可是“出火”[10]只称得二十斤；“大眠”快边人们还看见那不声不响晦气色的丈夫根生倾弃了三“蚕箪”在那小溪里。

这一件事，使得全村的妇人对于荷花家特别“戒严”。她们特地避路，不从荷花的门前走，远远地看见了荷花或是她那不声不响丈夫的影儿就赶快躲开，这些幸运的人儿惟恐看了荷花他们一眼或是交谈半句话就传染了晦气来！

老通宝严禁他的小儿子多多头跟荷花说话。——“你再跟那东西多嘴，我就告你忤逆！”老通宝站在廊檐外高声大气喊，故意要叫荷花他们听得。

小小宝也受到严厉的嘱咐，不许跑到荷花家的门前，不许和他们说话。

阿多像一个聋子似的不理睬老头子那早早夜夜的唠叨，他心里却在暗笑。全家就只有他不大相信那些鬼禁忌。可是他也没有跟荷花说话，他忙都忙不过来。

“大眠”捉了毛三百斤，老通宝全家连十二岁的小宝也在内，都是两日两夜没有合眼。蚕是少见的好，活了六十岁的老通宝记得只有两次是同样的，一次就是他成家的那年，又一次是阿四出世那一年。“大眠”以后的“宝宝”第一天就吃了七担叶，个个是生青滚壮，然而老通宝全家都瘦了一圈，失眠的眼睛上布满了红丝。

谁也料得到这些“宝宝”上山前还得吃多少叶。老通宝和儿子阿四商量了：

“陈大少爷借不出，还是再求财发的东家罢？”

“地头上还有十担叶，够一天。”

阿四回答，他委实是支撑不住了，他的一双眼皮像有几百斤重，只想合下来。老通宝却不耐烦了，怒声喝道：

“说什么梦话！刚吃了两天老蚕呢。明天不算，还得吃三天，还要三十担叶，三十担！”

这时外边稻场上忽然人声喧闹，阿多押了新发来的五担叶来了。于是老通宝和阿四的谈话打断，都出去“捋叶”。四大娘也慌忙从蚕房里钻出来。隔溪陆家养的蚕不多，那大姑娘六宝抽得出工夫，也来帮忙了。那时星光满天，微微有点风，村前村后都断断续续传来了吆喝和欢笑，中间有一个粗暴的声音嚷道：

“叶行情飞涨了！今天下午镇上开到四洋一担！”

老通宝偏偏听得了，心里急得什么似的，四块钱一担，三十担可要一百二十块呢，他哪来这许多钱！但是想到茧子总可以采五百多斤，就算五十块钱一百斤，也有这么二百五，他又心里一宽。那边“捋叶”的人堆里忽然又有一个小小的声音说：

“听说东路不大好，看来叶价钱涨不到多少的！”

老通宝认得这声音是陆家的六宝。这使他心里又一宽。

那六宝是和阿多同站在一个筐子边“捋叶”。在半明半暗的星光下，她和阿多靠得很近。忽然她觉得在那“杠条”[11]的隐蔽下，有一只手在她大腿上拧了一把。好像知道是谁拧的，她忍住了不笑，也不声张。蓦地那手又在她胸前摸了一把，六宝直跳起来，出惊地喊了一声：

“哎哟！”

“什么事？”

同在那筐子边捋叶的四大娘问了，抬起头来。六宝觉得自己脸上热烘烘了，她偷偷地瞪了阿多一眼，就赶快低下头，很快地捋叶，一面回答：

“没有什么。想来是毛毛虫刺了我一下。”

阿多咬住了嘴唇暗笑。虽然在这半个月来也是半饱而且少睡，也瘦了许多了，他的精神可还是很饱满。老通宝那种忧愁，他是永远没有的。他永不相信靠一次蚕花好或是田里熟，他们就可以还清了债再有自己的田，他知道单靠勤俭工作，即使做到背脊骨折断也是不能翻身的。但是他仍旧很高兴地工作着，他觉得这也是一种快活，正像和六宝调情一样。

第二天早上，老通宝就到镇里去想法借钱来买叶。临走前，他和四大娘商量好，决定把他家那块出产十五担叶的桑地去抵押。这是他家最后的产业。

叶又买来了三十担。第一批的十担发来时，那些壮健的“宝宝”已经饿了半点钟了，“宝宝”们尖出了小嘴巴，向左向右晃，四大娘看得心酸。叶铺了上去，立刻蚕房里充满着沙沙沙的响声，人们说话也不大听得清。不多一会儿，那些“团匾”里立刻又全见白了，于是又铺上厚厚的一层叶。人们单是“上叶”也就忙得透不过气来。但这是最后五分钟了。再得两天，“宝宝”可以上山。人们把剩余的精力榨出来拼死命干。

阿多虽然接连三日三夜没有睡，却还不见怎么倦。那一夜，就由他一个人在“蚕房”里守那上半夜，好让老通宝以及阿四夫妇都去歇一歇。那是个好月夜，稍稍有点冷。蚕房里爇了一个小小的火。阿多守到二更过，上了第二次的叶，就蹲在那个“火”旁边听那些“宝宝”萨萨萨地吃叶。渐渐儿他的眼皮合上了。恍惚听得有门响，阿多的眼皮一跳，睁开眼来看了看，就又合上了。他耳朵里还听得萨萨萨的声音和屑索屑索的怪声。猛然一个踉跄，他的头在自己膝头上磕了一下，他惊醒过来，恰就听得蚕房的芦帘啪嚓一声响，似乎还看见有人影一闪。阿多立刻跳起来，到外面一看，门是开着，月光下稻场上有一个人正走向溪边去。阿多飞也似的跳出去，还没看清那人是谁，已经把那人抓过来摔在地下。他断定了这是一个贼。

“多多头！打死我也不怨你，只求你不要说出来！”

是荷花的声音，阿多听真了时不禁浑身的汗毛都竖了起来。月光下他又看见那扁得作怪的白脸儿上一对细圆的眼睛定定地看住了他。可是恐怖的意思那眼睛里也没有。阿多哼了一声，就问道：

“你偷什么？”

“我偷你们的宝宝！”

“放到哪里去了？”

“我扔到溪里去了！”

阿多现在也变了脸色。他这才知道这女人的恶意是要冲克他家的“宝宝”。

“你真心毒呀！我们家和你们可没有冤仇！”

“没有么？有的，有的！我家自管蚕花不好，可并没害了谁，你们都是好的！你们怎么把我当作白老虎，远远地望见我就别转了脸？你们不把我当人看待！”

那妇人说着就爬了起来，脸上的神气比什么都可怕，阿多瞅着那妇人好半晌，这才说道：

“我不打你，走你的罢！”

阿多头也不回地跑回家去，仍在“蚕房”里守着。他完全没有睡意了。他看那些“宝宝”，都是好好的。他并没想到荷花可恨或可怜，然而他不能忘记荷花那一番话；他觉到人和人中间有什么地方是永远弄不对的，可是他不能够明白想出来是什么地方，或是为什么。再过一会儿，他就什么都忘记了。“宝宝”是强健的，像有魔法似的吃了又吃，永远不会饱！

以后直到东方快打白了时，没有发生事故。老通宝和四大娘来替换阿多了，他们拿那些渐渐身体发白而变短了的“宝宝”在亮处照着，看是“有没有通”。他们的心被快活胀大了。但是太阳出山时四大娘到溪边汲水，却看见六宝满脸严重地跑过来悄悄地问道：

“昨夜二更过，三更不到，我远远地看见那骚货从你们家跑出来，阿多跟在后面，他们站在这里说了半天话呢！四阿嫂！你们怎么不管事呀？”

四大娘的脸色立刻变了，一句话也没说，提了水桶就回家去，先对丈夫说了，再对老通宝说。这东西竟偷进人家“蚕房”来了，那还了得！老通宝气得直跺脚，马上叫了阿多来查问。但是阿多不承认，说六宝是做梦见鬼。老通宝又去找六宝询问。六宝是一口咬定了看见的。老通宝没有主意，回家去看那“宝宝”，仍然是很健康，瞧不出一些败相来。

但是老通宝他们满心的欢喜却被这件事打消了。他们相信六宝的话不会毫无根据。他们唯一的希望是那骚货或者只在廊檐口和阿多鬼混了一阵。

“可是那大蒜头上的苗却当真只有三四茎呀！”

老通宝自心里这么想，觉得前途只是阴暗。可不是，吃了许多叶去，一直落来都很好，然而上了山却干僵了的事，也是常有的，不过老通宝无论如何不敢想到这上头去；他以为即使是肚子里想，也是不吉利。

四

“宝宝”都上山了，老通宝他们还是捏着一把汗。他们钱都花光了，精力也绞尽了，可是有没有报酬呢，到此时还没有把握。虽则如此，他们还是硬着头皮去了。“山棚”下爇了火，老通宝和阿四他们伛着腰慢慢地从这边蹲到那边，又从那边蹲到这边。他们听得山棚上有些屑屑索索的细声音⑫，他们就忍不住想笑，过一会儿又不听得了，他们的心就重甸甸地往下沉了。这样地，心是焦灼着，却不敢向山棚上望，偶或他们仰着的脸上淋到了一滴蚕尿了⑬，虽然觉得有点难过，他们心里却快活！他们巴不得多淋一些。

阿多早已偷偷地挑开“山棚”外围着的芦帘望过几次了。小小宝看见，就扭住了阿多，问“宝宝”有没有做茧子。阿多伸出舌头做一个鬼脸，不回答。

“上山”后三天，熄火了。四大娘再也忍不住，也偷偷地挑开芦帘角看了一眼，她的心立刻卜卜地跳了。那是一片雪白，几乎连“缀头”都瞧不见；那是四大娘有生以来从没有见过的“好蚕花”呀！老通宝全家立刻充满了欢笑。现在他们一颗心定下来了！“宝宝”们有良心，四洋一担的叶不是白吃的，他们全家一个月的忍饥失眠总算不冤枉，天老爷有眼睛！

同样的欢笑声在村里到处都起来了。今年蚕花娘娘保佑这小小的村子。二三十人家都可以采到七八分，老通宝家更是比众不同，估量来总可以采一个十二三分。

小溪边和稻场上现在又充满了女人和孩子们。这些人都比一个月前瘦了许多，眼眶陷进了，嗓子也发沙，然而都很快活兴奋。她们嘈嘈地谈论那一个月内的“奋斗”时，她们的眼前便时时现出一堆堆雪白的洋钱，她们那快乐的心里便时时闪过了这样的盘算：夹衣和夏衣都在当铺里，这可先得赎出来，过端阳节也许可以吃一条黄鱼。

那晚上荷花和阿多的把戏也是她们谈话的资料。六宝见了人就宣传荷花的“不要脸，送上门去！”男人们听了就粗暴地笑着，女人们念一声佛，骂一句，又说老通宝家总算幸气，没有犯克，那是菩萨保佑，祖宗有灵！

接着是家家都“浪山头”了，各家的至亲好友都来“望山头”[14]。老通宝的亲家张财发带了小儿子阿九特地从镇上来到村里。他们带来的礼物，是软糕、线粉、梅子、枇杷，也有咸鱼。小小宝快活得好像雪天的小狗。

“通宝，你是卖茧子呢，还是自家做丝？”

张老头子拉老通宝到小溪边一棵杨柳树下坐了，这么悄悄地问，这张老头子张财发是出名“会寻快活”的人，他从镇上城隍庙前露天的“说书场”听来了一肚子的疙瘩东西，尤其烂熟的，是《十八路反王，七十二处烟尘》，程咬金卖柴扒、贩私盐出身，瓦岗寨做反王的《隋唐演义》。他向来说话“没正经”，老通宝是知道的，所以现在听得问是卖茧子或者自家做丝，老通宝并没把这话看重，只随口回答道，“自然卖茧子。”

张老头子却拍着大腿叹一口气。忽然他站了起来，用手指着村外那一片秃头桑林后面耸露出来的茧厂的风火墙说道：

“通宝，茧子是采了，那些茧厂的大门还关得紧洞洞呢！今年茧厂不开秤！——十八路反王早已下凡，李世民还没出世，世界不太平！今年茧厂关门，不做生意！”

老通宝忍不住笑了，他不肯相信。他怎么能够相信呢？难道那“五步一岗”似的比露天茅坑还要多的茧厂会一齐都关了门不做生意？况且听说和东洋人也已“讲拢”，不打仗了，茧厂里驻的兵早已开走。

张老头子也换了话，东拉西扯讲镇里的“新闻”，夹着许多“说书场”上听来的什么秦叔宝、程咬金。最后，他代他的东家催那三十块钱的债，为的他是“中人”。

然而老通宝到底有点不放心。他赶快跑出村去，看看“塘路”上最近的两个茧厂，果然大门紧闭，不见半个人；照往年说，此时应该早已摆开了柜台，挂起了一排乌亮亮的大秤。

老通宝心里也着慌了，但是回家去看见了那些雪白发光很厚实硬古古的茧子，他又忍不住嘻开了嘴。上好的茧子！会没有人要，他不相信。并且他还要忙着采茧，还要谢“蚕花利市”[15]，他渐渐不把茧厂的事放在心上了。

可是村里的空气一天一天不同了。才得笑了几声的人们现在又都是满脸的愁云。各处茧厂都没开门的消息陆续从镇上传来，从“塘路”上传来。往年这时候，“收茧人”像走马灯似的在村里巡回，今年没见半个“收茧人”，却换替着来了债主和催粮的差役。请债主们就收了茧子罢，债主们板起面孔不理。

全村子都是嚷骂、诅咒，和失望的叹息！人们做梦也不会想到今年“蚕花”好了，他们的日子却比往年更加困难。这在他们是一个青天的霹雳！并且愈是像老通宝他们家似的，蚕愈养得多，愈好，就愈加困难，——“真正世界变了！”老通宝捶胸跺脚地没有办法。然而茧子是不能搁久了的，总得赶快想法，不是卖出去，就是自家做丝。村里有几家已经把多年不用的丝车拿出来修理，打算自家把茧做成了丝再说。六宝家也打算这么办。老通宝便也和儿子媳妇商量道：

“不卖茧子了，自家做丝！什么卖茧子，本来是洋鬼子行出来的！”

“我们有四百多斤茧子呢，你打算摆几部丝车呀！”

四大娘首先反对了。她这话是不错的。五百斤的茧子可不算少，自家做丝万万干不了。请帮手么？那又得花钱。阿四是和他老婆一条心。阿多抱怨老头子打错了主意，他说：

“早依了我的话，扣住自己的十五担叶，只看一张洋种，多么好！”

老通宝气得说不出话来。

终于一线希望忽又来了。同村的黄道士不知从哪里得的消息，说是无锡脚下的茧厂还是照常收茧。黄道士也是一样的种田人，并非吃十方的“道士”，向来和老通宝最说得来。于是老通宝去找那黄道士详细问过了以后，便又和儿子阿四商量把茧子弄到无锡脚下去卖。老通宝虎起了脸，像吵架似的嚷道：

“水路去有三十多九[16]呢！来回得六天！他妈的！简直是充军！可是你有别的办法么？茧子当不得饭吃，蚕前的债又逼紧来！”

阿四也同意了。他们去借了一条赤膊船，买了几张芦席，赶那几天正是好晴，又带了阿多。他们这卖茧子的“远征军”就此出发。

五天以后，他们果然回来了，但不是空船，船里还有一筐茧子没有卖出。原来那三十多九水路远的茧厂挑剔得非常苛刻：洋种茧一担只值三十五元，土种茧一担二十元，薄茧不要。老通宝他们的茧子虽然是上好的货色，却也被茧厂里挑剩了那么一筐，不肯收买。老通宝他们实卖得一百十一块钱，除去路上盘川，就剩了整整的一百元，不够偿还买青叶所借的债！老通宝路上气得生病了，两个儿子扶他到家。

打回来的八九十斤茧子，四大娘只好自家做丝了。她到六宝家借了丝车，又忙了五六天。家里米又吃完了。叫阿四拿那丝上镇里去卖，没有人要；上当铺当铺也不收。说了多少好话，总算把清明前当在那里的一石米换了出来。

就是这么着，因为春蚕熟，老通宝一村的人都增加了债！老通宝家为的养了五张布子的蚕，又采了十多分的好茧子，就此白赔上十五担叶的桑地和三十块钱的债！一个月光景的忍饥熬夜还不算！

1932年11月1日

本篇最初发表于一九三二年十一月《现代》第二卷第一期，曾收入《春蚕》和《茅盾文集》第七卷。

①这是老通宝所在那一带乡村里关于“蚕事”的一种歌谣式的成语。所谓“削口”，指桑叶抽发如指；“清明削口”谓清明边桑叶已抽放如许大也。“看”是方言，意同“饲”或“育”。全句谓清明边桑叶开绽则熟年可卜，故蚕妇拍手而喜。——作者原注

②老通宝乡里称那圆桌面那样大，极像一个盘的竹器为“团匾”，又一种略小而底部编成六角形网状的，称为“箪”，方言读如“踏”，蚕初收蚁时，在“箪”中养育，呼为“蚕箪”，那是糊了纸的，这种纸通称“糊箪纸”。——作者原注

③“蚕台”是三棱式可以折起来的木架子，像三张梯连在一处的家伙；中分七八格，每格可放一团匾。——作者原注

④“缀头”也是方言，是稻草扎的，蚕在上面做茧子。——作者原注

⑤“窝种”也是老通宝乡里的习惯；蚕种转成绿色后就得把来贴肉揾着，约三四天后，蚕蚁孵出，就可以“收蚕”，这工作是女人做的。“窝”是方言，意即“揾”也。——作者原注

⑥用大蒜头来“卜”蚕花好否，是老通宝乡里的迷信。收蚕前两三天，以大蒜涂泥置蚕房中，至收蚕那天拿来看，蒜叶多主蚕熟，少则不熟。——作者原注

⑦老通宝乡间称初生的蚕蚁为“乌娘”；这也是方言。——作者原注

⑧老通宝乡里的习惯，“收蚕”——即收蚁，须得避过“谷雨”那一天，或上或下都可以，但不能正在“谷雨”那一天。什么理由，可不知道。——作者原注

⑨“蚕花”是一种纸花，预先买下来的。这些迷信的仪式，各处小有不同。——作者原注

⑩“出火”也是方言，是指“二眠”以后的“三眠”。因为“眠”时特别短，所以叫“出火”。——作者原注

⑪“杠条”也是方言，指那些带叶的桑树枝条。通常采叶是连枝条剪下来的。——作者原注

⑫蚕在山棚上受到热，就往“缀头”上爬，所以有屑索屑索的声音。这是蚕要做茧的第一步手续。爬不上去的，不是健康的蚕，多半不能作茧。——作者原注

⑬据说蚕在作茧以前必撒一泡尿，而这尿是黄色的。——作者原注

⑭“浪山头”在熄火后一日举行，那时蚕已成茧，山棚四周的芦帘撤去，“浪”是“亮出来”的意思。”“望山头”是来探望“山头”，有慰问祝颂的意思。“望山头”的礼物也有定规。——作者原注

⑮老通宝乡里的风俗，“大眠”以后得拜一次“利市”，采茧以后，又是一次。经济窘的人家只举行“谢蚕花利市”，“拜利市”也是方言，

意即“谢神”。——作者原注

⑯老通宝乡间计算路程都以“九”计，“一九”就是九里。“十九”是九十里，“三十多九”就是三十多个“九里”。——作者原注

思路拓展

茅盾先生在《林家铺子》中有多处关于“雪”的特写，你能将它们找出来做标记吗？这种对自然环境的描写有什么作用呢？

秋　收

一

直到旧历五月尽头，老通宝那场病方才渐渐好了起来。除了他的媳妇四大娘到祖师菩萨那里求过两次“丹方”而外，老通宝简直没有吃过什么药；他就仗着他那一身愈穷愈硬朗的筋骨和病魔挣扎。

可是第一次离床的第一步，他就觉得有点不对了？两条腿就同踏在棉花堆里似的，软软的不得劲，而且他无论如何也不能把腰板挺直。“躺了那么长久，连关节都生了锈了！”——老通宝不服气地想着，努力想装出还是少壮的气概来。然而当他在洗脸盆的水中照见了自己的面相时，却也忍不住叹一口气了。那脸盆里的面影难道就是他么？那是高撑着两根颧骨，一个瘦削的鼻头，两只大廓落落的眼睛，而又满头乱发，一部灰黄的络腮胡子，喉结就像小拳头似的突出来；——这简直七分像鬼呢！老通宝仔细看着、看着，再也忍不住那眼眶里的泪水往脸盆里直滴。

这是倔强的他近年来第一次淌眼泪。四五十年辛苦挣成了一份家当的他，素来就只崇拜两件东西，一是菩萨，一是健康。他深切地相信，没有菩萨保佑，任凭你怎么刁钻古怪，弄来的钱财到底是不“作肉”的；而没有了健康，即使菩萨保佑，你也不能挣钱活命。在这上头，老通宝所信仰的菩萨就是“财神”。每逢旧历朔望，老通宝一定要到村外小桥头那座简陋不堪的“财神堂”跟前磕几个响头，四十余年如一日。然而现在一场大病把他弄到七分像鬼，这打击就比茧子卖不起价钱还要厉害些。他觉得他这一家从此完了，再没有翻身的日子。

“唉！总共不过困了个把月，怎么就变了样子！”

望着那蹲在泥灶前吹火的四大娘，老通宝轻轻说了这么一句。

没有回答。蓬松着头发的四大娘头脸几乎要钻进灶门去似的一股劲儿在那里呼呼地吹。白烟弥漫了一屋子，又从屋前屋后钻出去，可是那半青的茅草不肯旺燃。十二三岁的小宝从稻场上跑进来，呛着那烟气就喊起来了，一边咳，一边就嚷肚子饿。老通宝也咳了几声，抖颤着一对腿，走到那泥灶跟前，打算帮一手。但此时灶门前一亮，茅草燃旺了，接着就有小声儿的毕剥毕剥的爆响。四大娘加了几根桑梗在灶里，这才抬起头来，却已是满脸泪水！不知道是为了烟熏了眼睛呢，还是另有原因，总之，这位向来少说话多做事的女人现在也是满眼泪。

公公和儿媳妇两个，泪眼对看着，都没有话。灶里现在燃旺了，火舌舔到灶门外，那一片火光映得四大娘满脸通红。这火光，虽然掩过了四大娘脸上的菜色，可掩不过她那消瘦。而且那发育很慢的小宝这时倚在他母亲身边，也是只剩了皮包骨头，简直像一只猴子。这一切，老通宝现在是看得十分清楚，——他躺在那昏暗的病床上也曾摸过小宝的手，也曾觉得这孩子瘦了许多，可总不及此时他看的真切，——于是他突然一阵心酸，几乎哭出声来了：

“呀，呀，小宝！你怎么的？活像是童子痨呢！”

老通宝气喘喘地挣扎出话来，他那大廓落落的眼睛盯住了四大娘的面孔。

仍旧没有回答，四大娘撩起那破洋布衫的大襟来抹眼泪。

锅盖边嘟嘟地吹着白的蒸汽了。那汽里还有一股香味。小宝踅到锅子边凑着那热气嗅了一会儿，就回转头噘起嘴巴，问他的娘道：

“又是南瓜！娘呀！你怎么老是南瓜当饭吃！我要——我想吃白米饭呢！”

四大娘猛的抽出一条桑梗来，似乎要打那多嘴的小宝了；但终于只在地上鞭了一下，随手把桑梗折断，别转脸去对了灶门，不说话。

“小宝，不要哭；等你爷回来，就有白米饭吃。爷到你外公家去——托你外公借钱去了，借钱来就买米，烧饭给你吃。”老通宝的一只枯瘠的手抖簌簌地摸着小宝的光头，喃喃地说。

他这话可不是撒谎。小宝的父亲，今天一早就上镇里找他岳父张财发，当真是为的借钱，——好歹要揪住那张老头儿做个“中人”向镇上那专放“乡债”的吴老爷“借转”这么五块十块钱。但是小宝却觉得那仍旧是哄他的。足有一个半月了，他只听得爷和娘商量着“借钱来买米”。可是天天吃的还不是南瓜和芋头！讲到芋头，小宝也还有几分喜欢，加点儿盐烧热了，上口也还香腻。然而那南瓜呀，松波波的，又没有糖，怎么能够天天当正经吃？不幸是近来半个月每天两顿总是老调的淡南瓜！小宝想起来就心里要作呕了。他含着两泡眼泪望着他的祖父，肚子里却又在咕咕地叫。他觉得他的祖父，他的爷、娘，都是硬心肠的人！他就盼望他的叔叔多多头回来，也许这位野马似的好汉叔叔又像上次那样带几个小烧饼来偷偷地给他香一香嘴巴。

然而叔父多多头已经有三天两夜不曾回家，小宝是记得很真的！

锅子里的南瓜也烧熟了，滋滋地叫响。老通宝揭开锅盖一看，那小半锅的南瓜干渣渣的没有汤，靠锅边并且已经结成“南瓜锅巴”了；老通宝眉头一皱，心里就抱怨他的儿媳妇太不知道俭省。蚕忙以前，他家也曾断过米，也曾烧南瓜当饭吃，但那时两个南瓜就得兑上一锅子的水，全家连大带小五个人汤漉漉地多喝几碗也是一个饱，现在他才只病倒了个把月，他们年轻人就专往“浪费”这条路上跑，这还了得么？他这一气之下，居然他那灰青的面皮有点红彩了。他抖抖簌簌地走到水缸边正待舀起水来，想往锅里加，猛不防四大娘劈头抢过去就把那干渣渣的南瓜糊一碗一碗盛了起来，又哑着嗓子叫道：

“不要加水！就只我们三个，一顿吃完，晚上小宝的爷总该带回几升米来了！——嗳，小宝，今回的南瓜干些，滋味好，你来多吃一碗罢！”

嚓嚓！四大娘手快，已经在那里铲着南瓜锅巴了。老通宝气得说不出话来，捧了一碗南瓜就巍颤颤地踱到“廊檐口”，坐在门槛上慢慢地吃着，满肚子是说不明白的不舒服。

面前稻场上一片太阳光，金黄黄地耀得人们眼花。横在稻场前的那条小河像一条银带，可是河水也浅了许多了，岸边的几枝水柳叶子有点发黄。河岸两旁静悄悄地没个人影，连黄狗和小鸡也不见一只。往常在这正午时分，河岸上总有些打水洗衣洗碗盏的女人和孩子，稻场上总有些刚吃过饭的男子衔着旱烟袋，蹲在树底下，再不然，各家的廊檐口总也有些人像老通宝似的坐在门槛上吃喝着谈着，但现在，太阳光暖和地照着，小河的水静悄悄地流着，这村庄却像座空山了。老通宝才只一个半月没到廊檐口来，可是这村庄已经变化，他几乎认不得了，正像他的小宝瘦到几乎认不得一样！

锅里的南瓜糊早已完了，老通宝瞪着一对大廓落落的眼睛望着那小河，望着隔河的那些冷寂的茅屋，一边还在机械地啜着。他也不去推测村里的人为什么整伙儿不见面，他只觉得自己一病以后这世界就变了！第一是他自己，第二是他家里的人，——四大娘和小宝，而最后，是他所熟悉的这个生长之乡。有一种异样的悲酸冲上他鼻尖来了。他本能地放下那碗，双手捧着头，胡乱地想这想那。

他记得从“长毛窝”里逃出来的祖父和父亲常常说起“长毛”“洗劫过”（那叫做“打先风”罢）的村庄就是没半个人影子，也没鸡狗叫。今年新年里东洋小鬼打上海的时候，村里大家都嚷着“又是长毛来了”。但以后不是听说又讲和了么？他在病中，也没听说“长毛”来。可是眼前这村庄的荒凉景象多么像那“长毛打过先风”的村庄呀！他又记得他的祖父也常常说起，“长毛”到一个村庄，有时并不“开刀”，却叫村里人一块儿跟去做“长毛”；那时，也留下一座空空的村庄。难道现在他这村里的人也跟去做“长毛”？原也听说别处地方闹“长毛”闹了好几年了，可是他这村里都还是“好百姓”呀，难道就在他病中昏迷那几天里“长毛”已经来过了么？这，想来也不像。

突然一阵脚步声在老通宝眼前跑过，老通宝出惊地抬起头来，看见扁阔的面孔上一对细眼睛正在对着他瞧。这是他家紧邻李根生的老婆，那出名的荷花！也是瘦了一圈，但正因为这瘦，反使荷花显得俏些：那一对眼睛也像比往常讨人欢喜，那眼光中混乱着同情和惊讶。但是老通宝立刻想起了春蚕时候自己家和荷花的宿怨来，并且他又觉得病后第一次看见生人面却竟是这个“白虎星”那就太不吉利，他恨恨地吐了一口唾沫，赶快垂下头去把脸藏过了。

一会儿以后，老通宝再抬起头来看时，荷花已经不见了，太阳光晒到他脚边。于是他就想起这时候从镇上回到村里来的航船正该开船，而他的儿子阿四也许在那船上，也许已经借到了几块钱，已经买了米。他下意识地咂着舌头了。实在他亦厌恶那老调的南瓜糊，他也想到了米饭就忍不住咽口水。

“小宝！小宝！到阿爹这里来罢！”

想到米饭，便又想到那饿瘦得可怜的孙子，老通宝扬着声音叫了。这是他今天离了病床后第一次像个健康人似的高声叫着。没有回音。老通宝看看天空，第二次用尽力气提高了嗓子再叫。可是出他意外，小宝却从紧邻的荷花家里跳出来了，并且手里还拿一个扁圆东西，看去像是小烧饼。这猴子似的小孩子跳到老通宝跟前，将手里的东西冲着老通宝的脸一扬，很卖弄似的叫一声“阿爹，你看，烧饼！”就慌忙塞进嘴里去了。

老通宝忍不住也咽下一口唾沫，嘴角边也掠过一丝艳羡的微笑，但立刻他放沉了脸色，轻声问道：

“小宝！谁给你的？这——烧饼！”

“荷——荷——”

小宝嘴里塞满了烧饼，说不出来。老通宝却已经明白，他的脸色更加难看了。他这时的心理很复杂：小宝竟去吃“仇人”的东西，真是太丢脸了！而且荷花家里竟有烧饼，那又是什么“天理”呀！老通宝恨得咬牙跺脚，可又不舍得打这可怜的小宝。这时小宝已经吞下了那个饼，就很得意地说道：

“阿爹！荷花给我的。荷花是好人，她有饼！”

“放屁！”

老通宝气得脸都红了，举起手来作势要打。可是小宝不怕，又接着说：

“她还有呢！她是镇上拿来的。她说明天还要去拿米，白米！”

老道宝霍地站了起来，浑身发抖。一个半月没有米饭下肚的他，本来听得别人家有米饭就会眼红，何况又是他素来看不起的荷花家！他铁青了脸，粗暴地叫骂道：

“什么稀罕！光景是做强盗抢来的罢！有朝一日捉去杀了头，这才是现世报！”

骂是骂了，却是低声的。老通宝转眼睃着他的孙子，心里便筹算着如果荷花出来“斗口”，怎样应付。平白地诬人“强盗”，可不是玩的。然而荷花家意外地毫无声响。倒是不识趣的小宝又做着鬼脸说道：

“阿爹！不是的！荷花是好人，她有烧饼，肯给我吃！”

老通宝的脸色立刻又灰白了。他不作声，转脸看见廊檐口那破旧的水车旁边有一根竹竿，随手就扯了过来。小宝一瞧神气不对，撒腿就跑，偏偏又向荷花家钻进去了。老通宝正待追赶，蓦地一阵头晕眼花，两腿发软，就坐在泥地上，竹竿撇在一边。这时候，隔河稻场上闪出一个人来，踱过那四根木头并排做成的“桥”，向着老通宝叫道：

“恭喜，恭喜！今天出来走动走动了！老通宝！”

虽则眼前还有几颗黑星在那里飞舞，可是一听那声音，老通宝就知道那人是村里的黄道士，心里就高兴起来。他俩在村里是一对好朋友，老通宝病时，这黄道士就是常来探问的一个。村里人也把他俩看成一双“怪物”，因为老通宝是有名的顽固，凡是带着一个“洋”字的东西他就恨如“七世冤家”，而黄道士呢，随时随地卖弄他在镇上学来的几句“斯文话”，例如叫铜钱为“孔方兄”，对人谈话的时候总是“宝眷”“尊驾”那一套，村里人听去就仿佛是道士念咒，——因此就给他取了这绰号，道士。可是老通宝却就懂得这黄道士的“斯文话”。并且他常常对儿子阿四说，黄道士做种田人，真是“埋没”！

当下老通宝就把一肚子牢骚对黄道士诉说道：

“道士！说来活活气死人呢！我病了个把月，这世界就变到不像样了！你看，村坊里就像‘长毛’刚来‘打过先风’！那母狗白虎星，不知道到哪里去偷摸了几个烧饼来，不争气的小宝见着嘴馋！道士，你说该打不该打？”

老通宝说着又抓起身边那竹竿，扑扑地打着稻场上的泥地。黄道士一边听，一边就学着镇上城隍庙里那“三世家传”的测字先生的神气，肩膀一摇一摆地点头叹气。末后，他悄悄地说：

“世界要反乱呢！通宝兄你知道村坊里人都干什么去了？——咳，吃大户，抢米囤！是前天白淇浜的乡下人做开头，今天我们村坊学样去了！令郎阿多也在内——可是，通宝兄，尊驾贵恙刚好，令郎的事，你只当不晓得罢了。哈哈，是我多嘴！”

老通宝听得明白，眼睛一瞪，忽地跳了起来，但立刻像头顶上碰到了什么似的又软瘫在地下，嘴唇簌簌地抖了。吃大户，抢米囤么？他心里乱札札地又惊又喜：喜的是荷花那烧饼果然来路“不正”，他刚才一口喝个正着，惊的是自己的小儿子多多头也干那样的事，“现世报”莫不要落在他自己身上。黄道士眯着一双细眼睛，很害怕似的瞧着老通宝，又连声说道：

"抱歉，抱歉！贵体保重要紧，要紧！是我嘴快闯祸了！目下听说'上头'还不想严办，不碍事。回头你警戒警戒令郎就行了！"

"咳，道士，不瞒你说，我一向看得那小畜生做人之道不对，老早就疑心是那'小长毛'冤鬼投胎，要害我一家！现在果然做出来了！——他不回来便罢，回来时我活埋这小畜生！道士，谢谢你，给我透个信，我真是瞒在鼓心里呀！"

老通宝抖着嘴唇恨恨地说，闭了眼睛，仿佛他就看见那冤鬼"小长毛"。黄道士料不到老通宝会"古板"到这地步，当真在心里自悔"嘴快"了，况又听得老通宝谢他，就惊忙接口说：

"岂敢，岂敢！舍下还有点小事，再会，再会；保重，保重！"像逃走似的，黄道士转身就跑，撇下老通宝一个人坐在那里痴想。太阳晒到他头面上了，——很有些威力的太阳，他也不觉得热，他只把从祖父到父亲口传下来的"长毛"故事，颠倒地乱想。他又想到自身亲眼见过的光绪初年间全县乡下人大规模的"闹漕"①，立刻几颗血淋淋的人头挂在他眼前了。他的一贯的推论于是就得到了："造反有好处，'长毛'应该老早就得了天下，可不是么？"

现在他觉得自己一病以后，世界当真变了！而这一"变"，在刚从小康的自耕农破产，并且幻想还是极强的他，想起来总是害怕！

二

到太阳落山的时候，老通宝的儿子阿四回家了。他并没借到钱，但居然带来了三斗米。

“吴老爷说没有钱。面孔很难看。可是他后来发了善心，赊给我三斗米。他那米店里囤着百几十担呢！怪不得乡下人没饭吃！今天我们赊了三斗，等到下半年田里收起来，我们就要还他五斗糙米！这还是天大的情面！有钱人总是越拌越多！”

阿四阴沉地说着，把那三斗米分装在两个甏里，就跑到屋子后边那半旧的猪棚眼前和老婆叽叽咕咕讲“私房活”。老通宝闷闷地望着猪棚边的儿子和儿媳，又望望那两口米甏，觉得今天阿四的神气也不对，那三斗米的来路也就有点不明不白。可是他不敢开口追问。刚才为了小儿子多多头的“不学好”，老通宝和四大娘已经吵过架了。四大娘骂他“老糊涂”，并且取笑他：“好，好！你去告多多头忤逆，你把他活埋了，人家老爷们就会赏赐你一只金元宝罢！”老通宝虽然拿出“祖传”的圣贤人的大道理——“人穷了也要有志气”这句话来，却是毫无用处。“志气”不能当饭吃，比南瓜还不如！但老通宝因这一番吵闹就更加心事重了。他知道儿子阿四尽管“忠厚正派”，却是耳根太软，经不起老婆的怂恿。而现在，他们躲到猪棚边密谈了！老通宝恨得牙痒痒地，没有办法。他远远地望着阿四和四大娘，他的思想忽又落到那半旧的猪棚上。这是五六年前他亲手建造的一个很像样的猪棚，单买木料，也花了十来块钱呢；可是去年这猪棚就不曾用，今年大概又没有钱去买小猪，当初造这棚也曾请教过风水先生，真料不到如今这么“背时”！

老通宝的一肚子怨气就都呵在那猪棚上了。他抖簌簌地向阿四他们走去，一面走，一边叫道：

“阿四！前回听说小陈老爷要些旧木料。明天我们拆这猪棚卖给他罢！倒霉的东西，养不起猪，摆在这里干么！”

喳喳地密谈着的两个人都转过脸儿来了。薄暗中看见四大娘的脸异常兴奋，颧骨上一片红。她把嘴唇一撇，就回答道：

“值得几个钱呢！这些脏木头，小陈老爷也不见得要！”

“他要的！我的老面子，我们和陈府上三代的来往，他怎么好说不要！”

老通宝吵架似的说，整个的“光荣的过去”忽又回到他眼前来了。和小陈老爷的祖父有过共患难的关系，长毛窝里一同逃出来老通宝的祖父在陈府上是很有面子的！就是老通宝自己也还受到过分的优待，小陈老爷有时还叫他“通宝哥”呢！而这些特殊的遭遇，也就是老通宝的“驯良思想”的根基。

四大娘不再说什么，噘着嘴就走开了。

“阿四！到底多多头干些什么，你说！——打量我不知道么？等我断了气，这才不来管你们！”

老通宝看着四大娘走远了些，就突然转换话头，气吼吼地看着他的大儿子。

一只乌鸦停在屋脊上对老通宝父子哑哑地叫了几声。阿四随手拾起一块碎瓦片来赶走那乌鸦，又吐了口唾沫，摇着头，却不作声。他怎么说，而且说什么好呢？老子的话是这样的，老婆的话却又是一个样子，兄弟的话又是第三个样子。他这老实人，听听全有道理，却打不起主意。

“要杀头的呢！满门抄斩！我见过得多！”

“那——杀得完这许多么？”

阿四到底开口了，懦弱地反对着老子的意见。但当他看见老通宝两眼一瞪，额上青筋直爆，他就转口接着说道：

“不要紧！阿多去赶热闹罢哩！今天他们也没到镇上去——”

“热你的昏！黄道士亲口告诉我，难道会错？”

老通宝咬着牙齿骂，心里断定了儿子媳妇跟多多头全是一伙了。

“当真没有。黄道士，丝瓜缠到豆蔓里！他们今天是到东路的杨家桥去。老太婆女人打头，男人就不过帮着摇船。多多头也是帮她们摇船！不瞒你！”

阿四被他老子追急了，也就顾不得老婆的叮嘱，说出了真情实事。然而他还藏着两句要紧话，不肯泄漏，一是帮着摇船的多多头在本村里实在是领袖，二是阿四他本人也和老婆商量过，要是今天借不到钱，量不到米，明天阿四也帮她们“摇船”去。

老通宝似信非信地盯住了阿四看，暂时没有话。

现在天色渐渐黑下来了，老通宝家的烟囱里开始冒白烟，小宝在前面屋子里唱山歌。四大娘的声音唤着，“小宝的爷！”阿四赶快应了一声，便离开他老子和那猪棚；却又站住了，松一口气似的说道：

“眼前有这三斗米，十天八天总算是够吃了，晚上等多多头回来，就叫他不要再去帮她们摇船罢！”

“这猪棚也要拆的。摆在这里，风吹雨打，白糟蹋坏了！拆下来到底也变得几个钱。”

老通宝又提到那猪棚，言外之意仿佛就是，还没有山穷水尽，何必干那些犯“王法”的事呢！接着他又用手指敲着那猪棚的木头，像一个老练的木匠考查那些木头的价值。然后，他也踱进屋子去了。

这时候，前面稻场上也响动了人声。村里“出去”的人们都回来了。小宝像一只小老鼠蹿了出去找他的叔叔多多头。四大娘慌慌忙忙地塞了一大把桑梗到灶里，也就赶到稻场上，打听“新闻”。灶上的锅盖此时也开始吹热气，啵啵地。现在这热气里是带着真实的米香了，老通宝嗅到了只是咽口水。他的肚子里也咕咕地叫了起来，但是他的脑子里却忙着想一点别的事情。他在计算怎样“教训”那野马似的多多头，并且怎样去准备那就快来到的“田里生活”。在这时候，在这村里，想到一个多月后的“田里生活”的，恐怕就只有老通宝他一个！

然而多多头并没回来。还有隔河对邻的陆福庆也没有回来。据说都留在杨家桥的农民家里过夜，打算明天再帮着“摇船”到鸭嘴滩，然后联合那三个村坊的农民一同到“镇上”去。这个消息，是陆福庆的妹子六宝告诉了四大娘的。全村坊的人也都兴奋地议论这件事。却没有人去告诉老通宝。大家都知道老通宝的脾气古怪。

“不回来倒干净！地痞胚子！我不认账这个儿子！”

吃晚饭的时候，老通宝似乎料到了几分似的，看着大儿子阿四的脸，这样骂起来了。阿四哑着嘴巴不开腔。四大娘朝老头子横了一眼，鼻子里似乎哼了一声。

这一晚上，老通宝睡不安稳。他一合上眼，就是梦，而且每一个梦又是很短，而且每一个梦完的时候，他总像被人家打了一棍似的在床上跳醒。他不敢再睡，可是他又倦得很，他的眼皮就像有千斤重。蒙眬中他又听得阿四他们床上叽叽咕咕有些声音，他以为是阿四夫妇俩枕头边说体己话，但突然他浑身一跳，他听得阿四大声嚷道：

“阿多头，爹要活埋你呢！——咳，你这话怕不对么！老头子不懂时势！可是会不会弥天大罪都叫你一个人去顶，人家到头来一个一个都溜走？……”

这是梦话呀！老通宝听得清楚时，浑身汗毛直竖，眼睛也睁得大大的。他撑起上半身，叫了一声：

“阿四！”

没有回音。孙子小宝从梦中笑了起来。四大娘唇舌不清地骂了一句。接着是床板响，接着又是鼾声大震。

现在老通宝睡意全无，睁眼看着黑暗的虚空，满肚子的胡思乱想。他想到三十年前的“黄金时代”，家运日日兴隆的时候，但现在除了一叠旧账簿而外，他是什么也没剩。他又想起本年“蚕花”那样熟，却反而赔了一块桑地。他又想起自己家从祖父下来代代“正派”，老陈老爷在世的时候是很称赞他们的，他自己也是从二十多岁起就死心塌地学着镇上老爷们的“好样子”——虽然捏锄头柄，他“志气”是有的，然而他现在落得个什么呢？天老爷没有眼睛！并且他最想不通的，是天老爷还给他阿多头这业种。难道隔开了五六十年，“小长毛”的冤魂还没转世投胎么？——于是突然间老通宝冷汗直淋，全身发抖。天呐！多多头的行径活像个“长毛”呢！而且，而且老通宝猛又记起四五年前闹着什么“打倒土豪劣绅”的时候，那多多头不是常把家里藏着的那把“长毛刀”拿出来玩么？“长毛刀！”这是老通宝的祖父从“长毛营盘”逃走的时候带出来的；而且也就是用这把刀杀了那巡路的“小长毛”！可是现在，那阿多头和这刀就像夙世有缘似的！

老通宝什么都想到了，而且愈想愈怕。只有一点，他没有想到，而且万万料不到；这就是正当他在这里咬牙切齿恨着阿多头的时候，那边杨家桥的二三十户农民正在阿多头和陆福庆的领导下，在黎明的浓雾中，向这里老通宝的村坊进发！而且这里全村坊的农民也在兴奋的期待中做了一夜热闹的梦，而此时梦回神清，正也打算起身来迎接杨家桥来的一伙人了！

鱼肚白从土壁的破洞里钻进来了。稻场上的麻雀噪也听得了。喔、喔、喔！全村坊里仅存的一只雄鸡——黄道士的心肝宝贝，也在那里啼了。喔喔——喔！这远远地传来的声音有点像是女人哭。

老通宝这时忽然又蒙眬睡去；似梦非梦的，他看见那把“长毛刀”亮晶晶地在他面前晃。俄而那刀柄上多出一只手来了！顺着那手，又见了栗子肌肉的臂膊，又见了浓眉毛、圆眼睛的一张脸了！正是那多多头！“呔！——”老通宝又怒又怕地喊了一声，从床上直跳起来，第一眼就看见屋子里全是亮光。四大娘已经在那里烧早粥，灶门前火焰活泼地跳跃。老通宝定一定神，爬下床来时，猛又听得外边稻场上人声像阵头风似的卷来了。接着，锃锃锃！是锣声。

“谁家火起么？”

老通宝一边问，一边就跑出去。可是到了稻场上，他就完全明白了。稻场上的情形正和他亲身经过的光绪初年间的“闹漕”一样。杨家桥的人，男男女女、老太婆、小孩子全有，乌黑黑的一簇，在稻场上走过。“出来！一块儿去！”他们这样乱哄哄地喊着。而且多多头也在内！而且是他敲锣！而且他猛的抢前一步，跳到老通宝身前来了！老通宝脸全红了，眼里冒出火来，劈面就骂道：

“畜生！杀头胚！……”

“杀头是一个死，没有饭吃也是一个死！去罢！阿四呢？还有阿嫂？一伙儿全去！”

多多头笑嘻嘻地回答。老通宝也没听清，抡起拳头就打。阿四却从旁边钻出来，拦在老子和兄弟中间，慌慌忙忙叫道：

“阿多弟！你听我说。你也不要去了。昨天赊到三斗米。家里有饭吃了！”

多多头的浓眉毛一跳，脸色略变，还没出声，突然从他背后跳出一个人来，正是那陆福庆，一手推开了阿四，哈哈笑着大叫道：

“你家里有三斗米么？好呀！杨家桥的人都没吃早粥，大家来罢！”

什么？“吃”到他家来了么？阿四简直不能相信自己的耳朵。可是杨家桥的人发一声喊，已经拥上来，已经闯进阿四家里去了。老通宝就同心头割去了块肉似的，狂喊一声，忽然眼前乌黑，腿发软，就蹲在地下。阿四像疯狗似的扑到陆福庆身上，夹脖子乱咬，带哭的声音哼哼唧唧骂着。陆福庆一面招架，一面急口喝道：

“你发昏吗？算什么！——阿四哥！听我讲明白！呔！阿多！你看！”

突然阿四放开陆福庆，转身揪住了多多头，一边打，一边哭，一边嚷：

“毒蛇也不吃窝边草！你引人来吃自家了！你引人来吃自家了！”

阿多被他哥哥抱住了头，只能荷荷地哼。陆福庆想扭开他们也不成功。老通宝坐在地上大骂。幸而来了陆福庆的妹子六宝，这才帮着拉开了阿四。

“你有门路，赊得到米，别人家没有门路，可怎么办呢？你有米吃，就不去，人少了，事情弄不起来，怎么办呢？——嘿嘿！不是白吃你的！你也到镇上去，也可以分到米呀！”

多多头喘着气，对他的哥哥说。阿四这时像一尊木偶似的蹲在地下出神。陆福庆一手捺着颈脖上的咬伤，一手拍着阿四的肩膀，也说道：

“大家讲定了的，东村坊上谁有米，就先吃谁，吃光了同到镇上去！阿四哥！怪不得我！大家讲定了的！”

“长毛也不是这样不讲理的，没有这样蛮！”

老通宝到底也弄明白那是怎么一回事，就轻声儿骂着，却不敢看着他们的脸骂，只把眼睛望住了地下。同时他心里想道：好哇！到镇上去！到镇上去吃点苦头，这才叫做现世报，老天爷有眼！那时横，你们才知道老头子的一把年纪不是活在狗身上罢！

这时候，杨家桥的人也从老通宝家里回出来了，嚷嚷闹闹地捧着那两个米甏。四大娘披散着头发，追在米甏后面，一边哭，一边叫：

“我们自家吃的！自家吃的！你们连自家吃的都要抢么？强盗！杀胚！”

谁也不去理她。杨家桥的人把两个米甏放在稻场中央，就又敲起锣来。六宝下死劲把四大娘拉开，吵架似的大声喊着，想叫四大娘明白过来：

“有饭大家吃！你懂么？有饭大家吃！谁叫你磕头叫饶去赊米来呀？你有地方赊，别人家没有呀！别人都饿死，就让你一家活么？嘘，嘘！号天号地哭，像死了老公呀！大家吃了你的，回头大家还是帮你要回来！哭什么呀！”

蹲在那里像一尊木偶的阿四这时忽然叹一口气，跑到他老婆身边，好像劝慰又好像抱怨似的说道：

“都是你出的主意！现在落得一场空！有什么法子？跟他们一伙儿去罢！天坍压大家！”

不知道从哪里弄来的两口大锅子，已经摆在稻场上了。东村坊的人和杨家桥的人合在一伙，忙着淘米烧粥，清早的浓雾已散，金黄的太阳光斜射在稻场上，晒得那些菜色的人脸儿都有点红喷喷了。在那小河的东端，水深而且河面阔的地点，人家摆开五六条赤膊船，船上人兴高采烈地唱着山歌。就是这些船要载两个村庄的人向镇上去的！

老通宝蹲在地上不出声，用毒眼望住那伙人嚷嚷闹闹地吃了粥，又嚷嚷闹闹地上船开走。他像做梦似的望着望着，他望见使劲摇船的阿多头，也望见哭丧脸的阿四和四大娘——现在她和六宝谈得很投契似的，他又望见那小宝站在船梢上，站在阿多头旁边，学着摇船的姿势。

然后，像梦里醒过来似的，老通宝猛跳起身，沿着那小河滩，从东头跑到西头。为什么要这样跑，他自己也不大明白；他只觉得心口里有一团东西塞住，非要找一个人谈一下不可而已。但是全村坊静悄悄的没有人影，连小孩子也没有。

终于当他沿着河滩从西头又跑到东头的时候，他看见隔河也有一个人发疯似的迎面跑来。最初他看不清那人的面孔——那人头上包着一块白布。但在那四根木头的小桥边，他看明白那人正是黄道士的时候，他就觉得心口一松，猛喊道：

"长毛也不是那么不讲理！记住！老子一把年纪不是活在狗身上的！到镇上去吃苦头！他们这伙杀胚！"

黄道士也站住了。好像不认识老通宝似的，这黄道士端详了半晌，这才带着哭声说：

"岂有此理，岂有此理！我告诉你，我的老雄鸡也被他们吃了，岂有此理！"

“杀胚！——你说一只老雄鸡么？算什么！人也要杀呢！杀，杀，杀胚！”

老通宝一边嚷，一边就跑回家去。

当天晚上全村坊的人都安然回来，而且每人带了五升米。这使得老通宝十分惊奇。他觉得镇上的老爷们也不像“老爷”了，怎么看见三个村坊一百多乡下人闹到镇里来，就怕得什么似的赶快“讲好”，派给每人半斗米？而且因为他们“老爷”太乏，竟连他老通宝的一把年纪也活到狗身上去！当真这世界变了，变到他想来想去想不通，而多多头他们耀武扬威！

三

现在“抢米囤”的风潮到处勃发了。周围二百里内的十多个小乡镇上，几乎天天有饥饿的农民“聚众滋扰”那些乡镇上的绅士们觉得农民太不识趣，就把慈悲面孔撩开，打算“维持秩序”了。于是县公署、区公所，乃至镇商会，都发了堂皇的六言告示，晓谕四乡，不准抢米囤，吃大户，有话好好儿商量。同时地方上的“公正”绅士又出面请当商和米商顾念“农艰”，请他们亏些“血本”，开个方便之门，渡过眼前那恐慌。

可是绅士们和商人们还没议定那“方便之门”应该怎么一个开法，农民的肚子已经饿得不耐烦了。六言告示没有用，从图董[3]变化来的村长的劝告也没有用，“抢米囤”的行动继续扩大，而且不复是百来人，而是五六百，上千了！而且不复限于就近的乡镇，却是用了“远征军”

的形式，向城市里来了！

离开老通宝的村坊约有六十多里远的一个繁盛的市镇上就发生了饥饿的农民和军警的冲突。军警开了“朝天枪”。农民被捕了几十。第二天，这市镇就在数千愤怒农民的包围中和邻近各镇失了联络。

这被围的市镇不得不首先开了那“方便之门”。这是简单的三条：农民可以向米店赊米，到秋收的时候，一石还一石；当铺里来一次免息放赎，镇上的商会筹措一百五十担米交给村长去分。绅商们很明白目前这时期只能坚守那“大事化为小事”的政策，而且一百五十担米的损失又可以分摊到全镇的居民身上。

同时，省政府的保安队也开到交通枢纽的乡镇上保护治安了。保安队与“方便之门”双管齐下，居然那“抢米囤”的风潮渐渐平下去；这时已经是阴历六月底，农事也迫近到眉毛梢了。

老通宝一家总算仰仗那风潮，这一晌来天天是一顿饭，两顿粥，而且除了风潮前阿四赊来的三斗米是冤枉债而外，竟也没有添上什么新债。但是现在又要种田了，阿四和四大娘觉得那就是强迫他们把债台再增高。

老通宝看见儿子媳妇那样懒懒的不起劲，就更加暴躁。虽则一个多月来他的“威望”很受损伤，但现在是又要“种田”而不是“抢米”，老通宝便像乱世后的前朝遗老似的，自命为重整残局的识途老马。他朝朝暮暮在阿四和四大娘跟前哓哓不休地讲着田里的事，讲他自己少壮的时候怎样勤奋，讲他自己的老子怎样永不灰心地做着、做着，终于创立了那份家当。每逢他到田里去了一趟回来，就大声喊道：

“明天，后天，一定要分秧了！阿四，你鬼迷了么？还不打算打算肥料？”

“上年还剩下一包肥田粉在这里呀！”

阿四有气无力地回答。突然老通宝跳了起来，恶狠狠地看定了他的儿子说：

“什么肥田粉！毒药！洋鬼子害人的毒药！我就知道祖宗传下来的豆饼好！豆饼力道长！肥田粉吊过了壮气，那田还能用么？今年一定要用豆饼了！”

“哪来的钱去买一张饼呢？就是剩下来那包粉，人家也说隔年货会走掉了力，总得搀一半新的；可是买粉的钱也没有法子想呀！”

“放屁！照你说，就不用种田了！不种田，吃什么，用什么，拿什么来还债？”

老通宝跳着脚咆哮，手指头戳到阿四的脸上。阿四苦着脸叹气。他知道老子的话不错，他们只有在田里打算半年的衣食，甚至还债。可是近年来的经验又使他知道借了债来做本钱种田，简直是替债主做牛马，——牛马至少还能吃饱，他一家却是吃不饱。“还种什么田！白忙！”——四大娘也时常这么说。他们夫妇俩早就觉得多多头所谓“乡下人欠了债就算一世完了”这句话真不错，然而除了种田有别的活路么？因此他们夫妇俩最近的决议也不过是：决不为了种田要本钱而再借债。

看见儿子总是不作声，老通宝赌气，说是“不再管他们的账”了。当天下午他就跑到镇里，把儿子的“败家相”告诉了亲家张老头儿，又告诉了小陈老爷，两位都劝老通宝看破些，“儿孙自有儿孙福”。那一天，老通宝就住在镇上过夜。可是第二天一清早，小陈老爷刚刚抽足了鸦片打算睡觉，老通宝突然来借钱了。数目不多，一张豆饼的代价。一心想睡觉的小陈老爷再三推托不开，只好答应出面到豆饼行去赊。

豆饼拿到手后，老通宝就回家，一路上有说有笑。到家后他把那饼放在廊檐下，却板起了脸孔对儿子媳妇说：

“死了才不来管你们呀！什么债，你们不要多问，你们只管替我做！”

春蚕时期的幻想，现在又在老通宝的倔强的头脑里蓬勃发长，正和田里那些秧一样。天天是金黄色的好太阳，微微的风，那些秧就同有人在那里拔似的长得非常快。河里的水却也飞快地往下缩。水车也拿出来摆在坡头了。阿四一个人忙不过来。老通宝也上去踏了十多转就觉得腰酸腿重气喘。“哎！”叹了一声，他只好爬下来，让四大娘上去接班。

稻发疯似的长起来，也发疯似的要水喝。每天的太阳却又像火龙似的把河里的水一寸一寸地喝干。村坊里到处嚷着“水车上要人”，到处拉人帮忙踏一班。荷花家今年只种了些杂粮，她和她那不声不响的可怜相的丈夫是比较空闲的，人们也就忘记了荷花是“白虎星”，三处四处拉他们夫妇俩走到车上替一班。陆福庆今年退了租，也是空身子，他们兄妹俩就常常来帮老通宝家。只有那多多头，因为老通宝死不要见他，村里很少来；有时来了，只去帮别人家的忙。

每天早上人们起来看见天像一块青石板似的晴朗，就都皱了眉头。偶尔薄暮时分天空有几片白云，全村的人都欢呼起来。老太婆眯着老花眼望着天空念佛。但是一次一次只是空高兴。扣到一个足月，也没下过一滴雨呀！

老通宝家的田因为地段高，特别困难。好容易从那干涸的河里车起了浑浊的泥水来，经过那六七丈远的沟，便被那燥渴的泥土截收了一半。田里那些壮健的稻梗就同患了贫血症似的一天一天见得黄萎了。老通宝看着心疼，急得搓手跺脚没有办法。阿四哭丧着脸不开口。四大娘冷一句热一句抱怨；咬定了今年的收成是没有巴望的了，白费了人工，而且多欠出一张豆饼的债！

“只要有水，今年的收成怕不是上好的！”

老通宝听到不耐烦的时候，软软地这样回答。四大娘立刻叫了起来：

“呀！水，水！这点子水，就好比我们的血呀！一古脑儿只有我和阿四，再搭上陆家哥哥妹妹俩算一个，三个人能有多少血！磨了这个把月，也干了呀！多多头是一个生力，你又不要他来！呀——呀——”

“当真叫多多头来罢！他比得上一条牛！”

阿四也抢着说，对老婆努了一下嘴巴。

老通宝不作声，吐了一口唾沫。

第二天，多多头就笑嘻嘻地来帮着踏车了。可是已经太迟。河水干到只剩河中心的一泓，阿四他们接了三道戽，这才彀得到水头，然而半天以后就不行了，任凭多多头力大如牛，也车不起水来。靠西边，离开他们那水车地位四五丈远，水就深些，多多头站在那里没到腰。可是那边没有埂头，没法排水车。如果晚上老天不下雨，老通宝家的稻就此完了。

不单是老通宝家，村里谁家的田不是三五天内就要干裂得像龟甲呀！人们爬到高树上向四下里张望。青石板似的一个天，简直没有半点云彩。

惟一的办法是到镇上去租一架“洋水车”来救急。老通宝一听到“洋”

字，就有点不高兴。况且他也不大相信那洋水车会有那么大的法力。去年发大水的时候，邻村的农民租用过那洋水车。老通宝虽未目睹，却曾听得那爱管闲事的黄道士啧啧称羡。但那是“踏大水车”呀，如今却要从半里路外吸水过来，怕不灵罢？正在这样怀疑着的老通宝还没开口，四大娘却先愤愤地叫了起来：

“洋水车倒好，可是租钱呢？没有钱呀！听说踏满一月田就要一块多钱！”

“天老爷显灵。今晚上落一场雨，就好了！”

老通宝也决定了主意了。他急急忙忙跑到村外小桥头那座简陋不堪的“财神堂”前磕了许多响头，许了大大的愿心。

这一夜，因为无水可车，阿四他们倒呼呼地睡了一个饱。老通宝整夜没有合眼。听见有什么簌簌的响声，便以为是在下雨了，他就一骨碌爬起来，到廊檐口望着天。并没有雨，但也没有星，天是一张灰色的脸。老通宝在失望之下还有点希望，于是又跪在地下祷告。到他第三次这样爬起床来探望的时候，东方已经发白，他就跑到田里去看他那宝贝的稻。夜来露水是有的，稻比白天的骄阳下稍稍显得青健。但是田里的泥土已经干裂，有几处简直把手指头压上去不觉得软。老通宝心跳得卜卜地响。他知道过一会儿来了太阳光一照，这些稻准定是没命的，他一家也就没命了。

他回到自家门前的稻场上。一轮血红的太阳正在东方天边探出头来。稻场前那差不多干到底的小河长满了一身的野草。本村坊的人又利用那河滩种了些玉蜀黍，现在都像人那样高了。五六个人站在那玉蜀黍旁边吵架似的嚷着。老通宝惘然走过去，也站在那伙人旁边。他们都是村里人，正在商量大家打伙儿去租用镇上那条“洋水车”。他们中间一个叫作李老虎的说：

“要租，就得赶快！洋水车天天有生意。昨晚上说是今天还没定出，你去迟了就扑一个空，那不是糟糕？老通宝，你也来一股罢？”

老通宝瞪着眼发怔，好像没有听明白。有两个念头填满了他的心，使他说不出话来：一个是怕的“洋水车”也未必灵，又一个是没有钱。而且他打算等别人用过了洋水车，当真灵，然后他再来试一下。钱呢，也许可以欠几天。

这天上午，老通宝和阿四他们就像守着一个没有希望的病人似的在圩头下埂头上来来回回打磨旋。稻是一刻比一刻“不像”了，最初垂着头，后来就折腰，田里的泥土啧啧地发出燥裂的叹息。河里已经无水可车，村坊里的人全都闲着。有几个站在村外的小桥上，焦灼地望着那还没见来的医稻的郎中，——那洋水车！

正午时分，毒太阳就同火烫一般，那些守在小桥上的人忽然发一声喊：来了！一条小船上装着一副机器，——那就是洋水车！看去并没什么出奇的地方，然而这东西据说抽起水来就比七八个壮健男人还厉害。全村坊的人全出来观看了。老通宝和他的儿子也在内。他们看见那装着机器的船并不拢岸，就那么着泊在河心，却把几丈长臂膊粗的发亮的软管子拖到岸上，又搁在田横埂头。

“水就从这管口里出来，灌到田里！”

管理那软管子的镇上人很卖弄似的对旁边的乡下人说。

突然，那船上的机器发喘似的叫起来。接着，咕的一声，第一口水从软管子口里吐出来了，于是就汩汩汩地直泻，一点儿也不为难。村里人看着、嚷着、笑着、忘记了这水是要花钱的。

老通宝站得略远些，瞪出了眼睛，注意地看着。他以为船上那突突地响着的家伙里一定躲着什么妖怪，——也许就是镇上土地庙前那池潭里的泥鳅精，而水就是泥鳅精吐的涎沫，而且说不定到晚上这泥鳅精又会悄悄地来把它此刻所吐的涎沫收回去，于是明天镇上人再来骗钱。

但是这一切的狐疑始终敌不住那绿汪汪的水的诱惑。当那洋水车灌好了第二爿田的时候，老通宝决定主意请教这“泥鳅精”，而且决定主意夜里拿着锄头守在田里，防那泥鳅精来偷回它的唾沫。

他也不和儿子媳妇商量，径拉了黄道士和李老虎做保人，担保了二分月息的八块钱，就取得船上人的同意，也叫那软管子到他田里放水去了。

太阳落山的时候，老通宝的田里平铺着一寸深的油绿绿的水，微风吹着，水皱得像老太婆的脸。老通宝看着很快活，也不理四大娘的唠唠叨叨聒着“又是八块钱的债！”，八块钱诚然不是小事，但收起来不是可以卖十块钱一担么？去年糙米也还卖到十一块半呀！一切的幻想又在老通宝心里复活起来了。

阿四仍然摆着一张哭丧脸，呆呆地对田里发怔。水是有了，那些稻依然垂头弯腰，没有活态。水来得太迟，这些娇嫩的稻已经被太阳晒脱了力。

“今晚上用一点肥田粉，明后天就会好起来。”

忽然多多头的声音在阿四耳边响。阿四心就一跳。可不是，还有一包肥田粉，没有用过呀！现在是用当其时了。吊完了地里的壮气么？管他的！但是猛不防老通宝在那边也听得多多头那句话，这老头子就像疯老虎似的扑过来喊道：

“毒药！小长毛的冤鬼，杀胚！你要下毒药么？”

大家劝着，把老通宝拉开。肥田粉的事，就此不提了。老通宝余怒未息地对阿四说：

“你看！过一夜，就会好的！什么肥田粉，毒药！”

于是既怕那泥鳅精来收回唾液，又怕阿四他们偷偷地去下肥田粉，这一夜里，老通宝抵死也要在田塍上看守了。他不肯轻易传授他的“独得之秘”，他不说是防着泥鳅精，只说恐怕多多头串通了阿四还要来胡闹。他那顽固是有名的。

一夜平安过去了，泥鳅精并没来收回它的水，阿四和多多头也没胡闹。可是稻照旧奄奄无生气，而且有几处比昨天更坏。老通宝疑惑是泥鳅精的唾液到底不行，然而别人家田里的稻都很青健。四大娘噪得满天红，说是“老糊涂断送了一家的性命”。老通宝急得脸上泛成猪肝色。陆福庆劝他用肥田粉试试看，或者还中用，老通宝呆瞪着眼睛只不作声。那边阿四和多多头早已拿出肥田粉来撒布了。老通宝别转脸去不愿意看。

以后接连两天居然没有那烫得皮肤上起泡的毒太阳。田里水还有半寸光景。稻又生青壮健起来了。老通宝还是不肯承认肥田粉的效力，但也不再说是毒药了。阴天以后又是萧索索的小雨。雨过后有微温的太阳光。稻更长得有精神了，全村坊的人都松一口气，现在有命了：天老爷还是生眼睛的！

接着是凉爽的秋风来了。四十多天的亢旱酷热已成为过去的噩梦。村坊里的人全有喜色。经验告诉他们这收成不会坏。“年纪不是活在狗身上”的老通宝更断言着“有四担米的收成”，是一个大熟年！有时他小心地抚着那重甸甸下垂的稻穗，便幻想到也许竟有五担的收成，而且粒粒谷都是那么壮实！

同时他的心里便打着算盘：少些说，是四担半罢，他总共可以收这么四十担；完了八八六担四的租米，也剩三十来担；十块钱一担，也有三百元，那不是他的债清了一大半？他觉得十块钱一担是最低的价格！

只要一次好收成，乡下人就可以翻身，天老爷到底是生眼睛的！

但是镇上的商人却也生着眼睛，他们的眼睛就只看见自己的利益，就只看见铜钱，稻还没有收割，镇上的米价就跌了！到乡下人收获他们几个月辛苦的生产，把那粒粒壮实的谷打落到稻筒里的时候，镇上的米价飞快地跌到六元一石！再到乡下人不怕眼睛盲地砻谷的时候，镇上的米价跌到一担糙米只值四元！最后，乡下人挑了糙米上市，就是三元一担也不容易出脱！米店的老板冷冷地看着哭丧着脸的乡下人，爱理不理似的冷冷地说：

“这还是今天的盘子呀！明天还要跌！”

然而讨债的人却川流不绝地在村坊里跑，汹汹然嚷着骂着。请他们收米罢？好的！糙米两元九角，白米三元六角！

老通宝的幻想的肥皂泡整个儿爆破了！全村坊的农民哭着、嚷着、骂着。“还种什么田！白辛苦了一阵子，还欠债！”——四大娘发疯似的见到人就说这一句话。

春蚕的惨痛经验作成了老通宝一场大病，现在这秋收的惨痛经验便送了他一条命。当他断气的时候，舌头已经僵硬不能说话，眼睛却还是明朗朗的；他的眼睛看着多多头似乎说：“真想不到你是对的！真奇怪！”

1933 年 1 月

本篇最初发表于一九三三年四月、五月《申报月刊》第二卷第四期、第五期，曾收入《春蚕》和《茅盾文集》第七卷。

①“闹漕”指当时农民抵抗官府征收漕粮的斗争。漕指水道运粮。

②图董，旧时中国农村基层行政组织的半公职人员。清代南方各省，县以下设乡，乡以下设图。图有图董，又称图长，总管一图事务。

残　冬

一

连刮了几阵西北风，村里的树枝都变成光胳膊。小河边的衰草也由金黄转成灰黄，有几处焦黑的一大块，那是顽童放的野火。

太阳好的日子，偶然也有一只瘦狗躺在稻场上；偶然也有一两个村里人，还穿着破夹袄，拱起了肩头，蹲在太阳底下捉虱子。要是阴天，西北风吹那些树枝叉叉地响，彤云像快马似的跑过天空，稻场上就没有活东西的影踪了。全个村庄就同死了的一样。全个村庄，一望只是死样的灰白。

只有村北那个张家坟园独自葱茏翠绿，这是镇上张财主的祖坟，松柏又多又大。

这又是村里人的克星。因为偶尔那坟上的松树少了一棵——有些客籍人常到各处坟园去偷树，张财主就要村里人赔偿。

这一天，太阳光是淡黄的，西北风吹那些枯枝簌簌地响，然而稻场上破例有了人了。

被人家叫作“白虎星”的荷花指手画脚地嚷道：

“刚才我去看了来，可不是，一棵！地下的木屑还是香喷喷的。这伙贼，一定是今天早上。嘿，还是这么大的一棵！”

说着，就用手比着那松树的大小。

听的人都皱了眉头叹气。

“赶快去通知张财主——”

有人轻声说了这么半句，就被旁人截住；那些人齐声喊道：“赶紧通知他，那老剥皮就饶过我们么？哼！”

“挨得一天是一天！等到老剥皮晓得了，那时再碰运气。”

过了一会儿，荷花的丈夫根生出了这个主意。却不料荷花第一个就反对：

“碰什么运气呢？那时就有钱赔他么？有钱，也不该我们来赔！我们又没吃张剥皮的饭，用张剥皮的钱，干么要我们管他坟上的树？”

“他不同你讲理呀！去年李老虎出头跟他骂了几句，他就叫了警察来捉老虎去坐牢。”

阿四也插嘴说：

“害人的贼！”

四大娘带着哭声骂了一句，心里却也赞成李根生的主意。

于是大家都骂那伙偷树贼来出气了。他们都断定是邻近那班种“荡田”的客籍人。只有“弯舌头”才下得这般“辣手”。因为那伙“弯舌头”也吃过张剥皮的亏，今番偷树，是报仇。可是却害了别人哩！就有人主张到那边的“茅草棚”里“起赃”。

没有开过口的多多头再也忍不住了；好像跟谁吵架似的，他叫道：

“起赃么？倒是好主意！你又不是张剥皮的灰子灰孙，倒要你瞎起劲？”

“噢，噢，噢！你——半路里杀出个程咬金，你不偷树好了，干么要你着急呢？”

主张去“起赃”的赵阿大也不肯让步。李根生拉开了多多头，好像安慰他似的乱嘈嘈地说道：

“说说罢了，谁去起赃呢！吵什么嘴！”

“不是这么说的！人家偷了树，并不是存心来害我们。回头我们要吃张剥皮的亏，那是张剥皮该死！干么倒去帮他捉人搜赃？人家和我并没有交情，可是——”

多多头一面分辩着，一面早被他哥哥拉进屋里去了。

“该死的张剥皮！”

大家也这么恨恨地说了一句。几个男人就走开了，稻场上就剩下荷花和四大娘，呆呆地望着那边一团翠绿的张家坟。忽然像是揭去了一层幔，眼前一亮，淡黄色的太阳光变作金黄了。风也停止。这两个女人仰脸朝天松一口气，便不约而同地蹲了下去，享受那温暖的太阳。

荷花在镇上做过丫头，知道张财主的细底，悄悄地对四大娘说道：“张剥皮自己才是贼呢！他坐地分赃。”

“哦！——”

“贩私盐的、贩鸦片的，他全有来往！去年不是到了一伙偷牛贼么？专偷客民的牛，也偷到镇上的粉坊里；张剥皮他——就是窝家！”

“难道官府不晓得么？”

“哦！局长么？局长自己也通强盗！”

荷花说时挤着眼睛把嘴唇皮一撇，鼻子里轻轻哼了一声。近来这荷花瘦得多了，皮色是白里泛青，一张大嘴更加显得和她的细眼睛不相称。

四大娘摇着头叹一口气，忽然站起来发恨地说：

“怪道多多头老是说规规矩矩做人就活不了命呀！——”

“不错，世界要反乱了！”

“小宝的阿爹也说长毛要来呢！听说还有女长毛。你知道我们家里有一把长毛刀。……可是，我的爸爸说，真命天子还没出世。”

“呸！出世不出世，他倒晓得么？玉皇大帝告诉他的么？上月里西方天边有一颗星红暴暴的，酒盅那么大，生八只角，这就是真命天子的本命星呀！八只角就是下凡八年了，还说没出世——”

“那是反王！我的老头子说是反王！你懂得什么！白虎星！”

“咦，咦，咦！”

荷花跳了起来，细眼睛眯紧了，怒气冲冲地瞅着四大娘。

这两个女人恶狠狠地对看了一会儿，旧怨仇便乘机发作；四大娘向来看不起荷花，说她“丫头出身，轻骨头，臭花娘子[①]”。荷花呢，因为也不是“好惹的”，曾经使暗计，想冲克四大娘的蚕花。两人总有半年多工夫见面不打招呼。直到新近四大娘的公公老通宝死了，这贴邻的两个女人才又像是邻舍了。现在却又为了一点儿不相干的事，争吵起来，各人都觉得自己不错。

末了，四大娘用劲地啐了一声，朝地下吐一口唾沫，正打算“小事化为无事”，抽身走开了。但是荷花的脾气宁愿挨一顿打，却受不住这样“文明式”的无言的侮辱；她跳前一步，怪声嚷道：

“骂了人家一句就想溜的，不是好货！”

“你是贱货！白虎星！”

四大娘也回骂，仍旧走。但是她并不回家，却走到小河那边去。荷花看见挑不起四大娘的火性，便觉得很寂寞；她是爱“热闹”的，即使是吵架的热闹，即使吵架的结果是她吃亏——她被打了，她也不后悔。她觉得打架吃亏总比没有人理睬她好些。她最恨的是人家不把她当一个“人”！她做丫头的时候，主人当她是一件东西，主人当她是没有灵性的东西，比猫狗都不如，然而荷花自己知道自己是有灵性的。她之所以痛恨她那旧主人，这也是一个原因。

从丫头变作李根生老婆的当儿，荷花很高兴。为的她从此可以当个人了。然而不幸，她嫁来半个月后，根生就患了一场大病，接着是瘟羊瘟鸡；于是她就得了个恶名：白虎星！她在村里又不是“人”了！但也因为到底是在乡村，——荷花就发明了反抗的法子。她找机会和同村的女人吵嘴，和同村的单身男人胡调。只在吵架与胡调时，她感觉到几分“我也是一个人”的味儿。

春蚕以后大家没有饭吃，乱哄哄地抢米店吃大户的时候，荷花的“人”的资格大见增进。也好久没有听得她那最痛心的诨名：白虎星。她自己呢，也“规矩”些了。但是现在四大娘又挑起了那旧疮疤，并且摆出了不屑跟荷花吵嘴的神气。

看着四大娘走向小河边去的背影，荷花咬着牙齿，心里的悲痛比挨打还厉害些。

西北风忽然转劲了。荷花听去，那风也在骂她：虎，虎，虎！

走到了小河边的四大娘也蓦地站住，回头来望了荷花一眼又赶快转过脸去，吐了一口唾沫。这好比火上添油！荷花怒喊一声，就向四大娘奔去。但是刚跑了两步，荷花脚下猛地一绊，就扑地一跤，跌得两眼发昏。

“哈，哈，哈！白虎星！”

四大娘站得远远地笑骂。同时小河对面的稻场上也跑来了一个女子，也拍着手笑。她叫作六宝，也是荷花的对头。

“呃，呃，有本事的不要逃走！”

荷花坐在地上，仰起了她的扁脸孔，一边喘气，一边恨恨地叫骂。她这一跤跌得不轻，尾尻骨上就像火烧似的发痛；可是她忘记了痛，她一心想着怎样出这口恶气。对方是两个人了，骂呢，六宝的一张嘴，村里有名，那么打架罢，她们是两个！荷花一边爬起来，一边心里踌躇。刚好这时候有人从东边走来，荷花一眼瞥见，就改换了主意。

二

来人就是黄道士。自从老通宝死后，这黄道士便少了一个谈天说地的对手，村里的年轻人也不大理睬他；大家忘记了村里还有他这“怪东西”。本来他也是种田的，甲子年上被军队拉去挑子弹，去的时候田里刚在分秧，回来时已经腊尽，总算赶到家吃了年夜饭，他的老婆就死了；从此剩下他一个光身子，爽性卖了他那两亩多田，只留下一小条的“埂头”种些菜蔬挑到镇上去卖，倒也一年一年混得过。有时接连四五天村里不见他这个人。到镇上去赶市回来的，就说黄道士又把卖菜的钱都喝了酒，白天红着脸坐在文昌阁下的测字摊头听那个测字老姜讲“新闻”，晚上睡在东岳庙的供桌底下。

这样在镇上混得久了，黄道士在村里就成为“怪东西”。他嘴里常有些镇上人的“口头禅”，又像是念经，又像是背书，村里人听不懂，也不愿听。

最近，卖菜的钱不够吃饱肚子，黄道士也戒酒了。他偶然到镇上去，至多半天就回来。回来后就蹲在小河边的树根上，瞪大了眼睛。要是有人走过他跟前，朝他看了一眼，他就跳起来拉住了那人喊道：“世界要反乱了！东北方——东北方出了真命天子！”于是他就唠唠叨叨说了许多人家听不懂的话，直到人家吐了一口唾沫逃走。

但在西北风扫过了这村庄以后，小河边的树根上也不见有瞪大了眼睛蹲着的黄道士。他躲在他那破屋子里，窸窸窣窣地不知道干些什么。有人在那扇破板门外偷偷地看过，说是这“怪东西”在那里拜四方，屋子里供着三个小小的草人儿。

村里的年轻人都说黄道士着了“鬼迷”，可是老婆子和小孩子却就赶着黄道士问他那三个草人儿是什么神。后来村里的年轻女人也要追问根底了。黄道士的回答却总是躲躲闪闪的，并且把他板门上的破缝儿都糊了纸。

然而黄道士只不肯讲他的三个草人罢了，别的浑话是很多的。荷花所说的什么“出角红星”就是拾了黄道士的牙慧。所以现在看见黄道士瞪大着眼睛走了来，荷花便赶快迎上去。她想拉这黄道士做帮手，对付那四大娘和六宝。

“喂，喂，黄道士，你看！四大娘说那颗红星是反王啦！真是热昏！”

荷花大声嚷着，就转脸朝那两个女人狂笑。可是刚才忘记了尾尻骨疼痛却忽然感到了，立刻笑脸变成了哭脸，双手捧住了屁股。

黄道士的眼睛瞪得更大，看看六宝她们，又看看荷花，然后摇着头，念咒似的说："托塔李天王、哪吒三太子、二郎神，嘿！二郎神是玉皇大帝的外孙！……啊，四大娘，真命天子出世了，远在天边，近在眼前！喏！南京脚下有一座山，山边有一个开豆腐店的老头子，天天起五更磨豆腐，喏！天天，笃笃笃！有人敲店板，问那老头子：'天亮了没有哪？天亮了没有哪？'哈哈，自然天没亮呵，老头子就回答'没有！'他不知道这问的人就是真命天子！"

"要是回答他'天亮了'就怎样？"

走近来的六宝抢着说，眼睛盯住了黄道士的面孔。

"说是'天亮了'么？那就，那就——"

黄道士皱了眉头，一连说了几个"那就"，又眯细了眼睛看天，很神秘地摇着头。

"那就是我们穷人翻身！"

荷花等得不耐烦，就冲着六宝的脸大声叫喊，同时又忘记了屁股痛。

"嗳，可不是！总有点好处落到我们头上呢！比方说，三年不用完租。"

黄道士松一口气，心里感激着荷花。

但是六宝这大姑娘粗中有细，一定要根究，倘是回答了"天亮"就怎样。她不理荷花，只逼着黄道士，四大娘却在旁边呆着脸喃喃地自语道：

"豆腐店的老头子早点回答'天亮了'，多么好呢！"

"哪里成？哪里成！他不能犯天条，天机不可泄漏！——呀，回答了'天亮'就怎样么？咳，咳，六宝，那就，天兵天将下来，帮着真命天子打天下！”

“哦！”

六宝还是不满意黄道士的回答，但也不再追问，只扁起了嘴唇摇头。

忽然荷花哈哈地笑了。她看见六宝那扁着嘴的神气，就想要替六宝起一个诨名。

“豆腐店的老头子也是星宿下凡的罢？喂，喂，黄道士，你怎么知道那敲门问‘天亮’的就是真命天子？他是个什么样儿？”

四大娘又轻声问。

黄道士似乎不耐烦了，就冷笑着回答道：

“我怎么会知道呀？我自然会知道。豆腐店老头子么？总该有点来历。笃笃笃，天天这么敲着他的店板。懂么？敲他的店板，不敲别人家的！‘天亮了没有？天亮了没有？’天天是问这一句！老头子就听得声音，并没见过面。他敢去偷看么？不行！犯了天条，雷打！不过那一定是真命天子！”

说到最后一句，黄道士板着脸，又瞪大了眼睛，那神气很可怕。听的人都觉得毛骨悚然，就好像听得那笃笃的叩门声。

西北风扑面吹来，那四个人都冷得发抖。六宝抹下一把鼻涕，擦着眼睛，忽又问道：

“你那三个草人呢？”

“那也有道理。——有道理的！”

黄道士眨起了眼白，很卖弄似的回答。随即他举起左手，伸出一个中指，向北方天空连指了几下，他的脸色更严重了。三个女人的眼光也跟着黄道士的中指一齐看着那天空的北方。四大娘觉得黄道士的瘦黑指头就像在空中戳住了什么似的，她的心有点跳。

“哪一方出真命天子，哪一方就有血光！懂么？血光！”

黄道士看着那三个女人厉声说，眼睛瞪得更大。

三个女人都吃了一惊。究竟“血光”是什么意思，她们原也不很明白。但在黄道士那种严重的口气下，她们就好像懂得了。特别是那四大娘，忽然福至心灵，晓得所谓“血光”就是死了许多人，而且一定要死许多人，因为出产真命天子的地方不能没有代价。

黄道士再举起左手，伸出中指，向北方天空指了三下。四大娘的心就是扑扑扑地三跳。蓦地黄道士回手指着自己的鼻子，闷着声音似的又说道：

“这里，这里，也有血光！半年罢，一年罢，你们都要做刀下的鬼，村坊要烧白！”

于是他低下了头，嘴唇翕翕地动，像是念咒又像是抖。

三个女人都叹了一口气。荷花看着六宝，似乎说：“先死的，看是你呢是我！”六宝却盯住了黄道士的面孔看，有点不大相信的样子。末了，四大娘绝望似的吐出了半句：

“没有救星了么？那可——”

黄道士忽然跳起来，吵架似的呵斥道：

“谁说！我叫三个草人去顶刀头了！七七四十九天，还差几天。——把你的时辰八字写来，外加五百钱，草人就替了你的灾难，懂么？还差几天。”

“那么真命天子呢，几时来？”

荷花又觉得尾尻骨上隐隐有点痛，便又提起了这话来。

黄道士瞪大了眼睛向前看，好像没有听得荷花那句话。北风劈面吹来，吹得人流眼泪了。那边张家坟上的许多松树呼呼地响着。黄道士把中指在眼眶上抹了一下，就板起面孔说道：

“几时来么？等那边张家坟的松树都死光了，那时就来！”

“呵，呵，松树！”

三个女人齐声喊了起来。她们的眼里一齐闪着恐惧和希望的光。少了一棵松树就要受张剥皮的压迫，她们是恐惧的；然而这恐惧后面就伏着希望么？这样在恐惧与希望的交织线下，她们对于黄道士的信口开河，就不知不觉发生了多少信仰。

三

四大娘心魂不定了好几天。因为她的丈夫阿四还想种“租田”，而她的父亲张财发却劝她去做女佣，——吃出一张嘴，多少也还有几块钱的工钱。她想想父亲的话不错。但是阿四不种田又干什么呢？男人到镇上去找工作，比女人还难。要是仍旧种田，那么家里就需要四大娘这一双做手。

多多头另是一种意见，他气冲冲地说：

“租田来种么？你做断了背梁骨还要饿肚子呢！年成好，一亩田收了三担米，五亩田十五担，去了‘一五得五，三五十五’六石五斗的租米，剩下那么一点儿留着自家吃罢，可是欠出的债要不要利息，肥料要不要本钱？你打打算盘刚好是白做，自家连粥也没得吃！”

阿四苦着脸不作声。他也知道种租田不是活路。四大娘做女佣多少能赚几个钱，就是他自己呢，做做短工也混一口饭，但是有个什么东西梗在他的心头，他总觉得那样办就是他这一世完了。他望着老婆的脸，等待她的主意。多多头却又接着说道：

“不要三心两意了！现在——田、地，都卖得精光，又欠了一身的债，这三间破屋也不是自己的，还死守在这里干么？依我说，你们两个到镇上去‘吃人家饭’，老头子借的债，他妈的，不管！”

“小宝只好寄在他的外公身边——”

四大娘惘然呐出了半句，猛地又缩住了。“外公”也没有家。也是“吃人家饭”，况且已经为的带着小孙子在身边，“东家”常有闲话，再加一个外孙，恐怕不行罢？也许会连累到外公打破饭碗。镇上人家都不喜欢雇了个佣人却带着小孩。……想到这些，四大娘就觉得“吃人家饭”也是为难。

“我都想过了，就是小把戏没有地方去呀！”

阿四看着他老婆的面孔说，差不多要哭出来。

“嘿嘿！你这样没有主意的人，少有少见！我带了小宝去，包你有吃有穿！到底是十二岁的孩子，又不是三岁半要吃奶的！”

多多头不耐烦极了，就像要跟他哥哥吵架似的嚷着。

阿四苦着脸只是摇头。四大娘早已连声反对了：

“不行，不行！我不放心！唉，唉，像个什么！一家人七零八落！一份人家拆散，不行的！怎么就把人家拆散？”

“哼，哼，乱世年成，饿死的人家上千上万，拆散算得什么！这年成死一个人好比一条狗，拆散一下算得什么！”

多多头暴躁地咬着牙齿说。他睁圆了眼睛看着他的哥哥嫂嫂，怒冲冲地就像要把这一对没有主意的人儿一口吞下去。

因为多多头发脾气，阿四和四大娘就不再开口了。他们却也觉得多多头这一番怒骂爽辣辣地怪受用似的。梗在阿四心头的那块东西，——使他只想照老样子种田，即使是种的租田，使他总觉得“吃人家饭”不是路，使他老是哭丧着脸打不起主意的那块东西，现在好像被多多头一脚踢破露出那里边的核心。原来就是“不肯拆散他那个家”！

因为他们向来有一个家，而且还是“自田自地”过得去的家，他们就以为做人家的意义无非为要维持这“家”，现在要他们拆散了这家去过“浮尸”样的生活，那非但对不起祖宗，并且也对不起他们的孩子——小宝。“家”，久已成为他们的信仰。刚刚变成为无产无家的他们怎样就能忘记了这久长生根了的信仰呵！

然而多多头的话却又像一把尖刀戳穿了他们的心，——他们的信仰。“乱世年成，人家拆散，算得什么呢！死一个人，好比一条狗！”四大娘愈想愈苦，就哭起来了。

“多早晚真命天子才来呢？黄道士的三个草人灵不灵？”

在悲泣中，她又这么想，仿佛看见了一道光明。

四

一天一天更加冷了。也下过雪。菜蔬冻坏了许多。村里人再没有东西送到镇上去换米了，有好多天，村和镇断绝了交通。全村的人都在饥饿中。

有人忽然发现了桑树的根也可以吃，和芋头差不多。于是大家就掘桑根。

四大娘看见了桑根就像碰见了仇人。为的他家就伤在养蚕里，也为的这块桑地已经抵给债主。虽然往常她把桑树当作性命。

村里少了几个青年人：六宝的哥哥福庆，和镇上张剥皮闹过的李老虎，还有多多头，忽然都不知去向。但村里人谁也不关心；他们关心的，倒是那张家坟园里的松树。即使是下雪天，也有人去看那坟上的松树到底还剩几棵。上次黄道士那一派胡言早就传遍了全村，而且很多人相信。

黄道士破屋里的三个草人身上渐渐多些纸条，写着一些村里人的“八字”。四大娘的儿子小宝的“八字”也在内。四大娘还在设法再积五百个钱也替她丈夫去挂个纸条儿。

女人中间就只有六宝不很相信黄道士的浑话。可是她也不在村里了。有人说她到上海去“进厂”了，也有人说她就在镇上。

将近“冬至”的时候，忽然村里又纷纷传说，真命天子原来就出在邻村，叫作七家浜的小地方。村里的赵阿大就同亲眼看过似的，在稻场上讲那个“真命天子”的故事。

“不过十一二岁呢，和小宝差不多高。也是鼻涕拖有寸把长……”

站在旁边听的人就哄然笑了。赵阿大的脸立刻涨红，大声喊道：

“不相信，就自己去看罢！‘真人不露相’？嗨，这就叫作‘真人不露相’！慢点儿，等我想一想。对了，是今年夏天的时候，这孩子，真命天子，一场大病，死去三日三夜。醒来后就是‘金口’了！人家本来也不知道，八月半那天，他跟了人家去拔芋头，田塍上有一块大石头——就是大石头，他喊一声‘滚开’，当真！那石头就骨碌碌地滚开了！他是金口！”

听的人都睁大了眼睛看着赵阿大，又转脸去看四大娘背后的瘦得不成样子的小宝。

有人松一口气似的小声说：

“本来真命天子早该出世了！”

“金口还说了些什么？阿大！”

阿四不满足地追问。但是赵阿大瞪出了眼睛，张大着嘴巴，没有回答。他是不会撒谎的，有一句说一句不能再添多。过一会儿，他发急了似的乱嚷道：

“各村坊里都讲开了，‘人’是在那里！十一二岁，拖鼻涕，跟小宝差不多！”

“唉！还只得十一二岁！等到他坐龙庭，我的骨头快烂光了！”四大娘忽然插嘴说，怕冷似的拱起了两个肩膀。

“谁说！当作是慢的，反而快！有文曲星、武曲星帮忙呢！福气大的人，十一二岁也就坐上龙庭了！要等到你骨头烂，大家都没命了！”荷花找到机会，就跟四大娘抬杠。

“你也是‘金口’么？不要脸！”

四大娘回骂，心里也觉得荷花的话大概不错，而且盼望它不错，可是当着那么多人面前，四大娘嘴里怎么肯认输。这两个女人又要吵起来了。黄道士一向没开口，这时他便拦在中间说道：

“自家人吵什么！可是，阿大，七家浜离这里多少路！不到‘一九’罢？那，我们村坊正罩在‘血光’里了！几天前，桥头小庙里的菩萨淌眼泪，河里的水发红光，——哦！快了！半年，一年！——记牢！”最后两个字像猫头鹰叫，听的人都打了个寒噤，希望中夹着害怕。黄道士三个古怪草人都浮出在众人眼前了，草人上挂着一些纸条。于是已经花了五百文的人不由得松一口气，虔诚地望着黄道士的面孔。“这几天里，松树砍去了三棵！”

荷花喃喃地说，脸向着村北的一团青绿的张家坟。

大家都会意似的点头。有几个嘴里放出轻松的一声嘘。

赵阿大料不到真命天子的故事会引出这样严重的结果，心里着实惊慌。他还没在黄道士的草人身上挂一纸条儿，他和老婆为了这件事还闹过一场，现在好像要照老婆的意思破费几文了。五百个钱虽是大数目，可是他想来倒还有办法。保卫团捐，他已经欠了一个月，爽性再欠一个月，那不就有了么？派到他头上的捐是第三等，每月一角。

不单是赵阿大存了这样的心。早已有人把保卫团捐移到黄道士的草人身上了。他们都是会打算盘的：保卫团捐是每月一角，——也有的派到每月二角，可是黄道士的草人却只要一次的五百文就够了，并且村里人也不相信那驻在村外三里远的土地庙里的什么“三甲联合队”的三条枪会有多少力量。在乡下人眼里，那什么“三甲联合队”队长、班长、兵，共计三人三条枪，远不及黄道士的三个草人能够保佑村坊。

他们也不相信那“三甲联合队”真是来保卫他们什么。那三条枪是七月里来的，正当乡下人没有饭吃，闹哄哄地抢米的时候，饭都没得吃的人，还有什么值钱的东西要保卫么？

可是那“三甲联合队”三个人“管”的事却不少。并且管事的本领也不小。虽然天气冷，他们三个人成天躲在庙里，他们也知道七家浜出了“真命天子”，也知道黄道士家里有什么草人，并且那天赵阿大他们在稻场上说的那些话也都落到他们三个人耳朵里了。

并且，村里的人不缴保卫团捐却去送钱给黄道士那三个草人的事，也被“三甲联合队”的三个人知道了！

就在赵阿大讲述“真命天子”故事的三四天以后，“三甲联合队”也把七家浜那个“金口”的拖鼻涕孩子验明本身捉到那土地庙里来了。

这是在微雨的下午，天空深灰色，雨有随时变作雪的样子。土地庙里暗得很。“三甲联合队”的全体——队长、班长、和士兵，一共三个人，因为出了这一趟远差，都疲倦了，于是队长下命令，就把那孩子锁在土地公公的泥腿上，班长改作“值日官”，士兵改作门岗兼“卫兵”，等到明天再报告基干队请示发落。

那拖鼻涕的“真命天子”蹲在土地公公泥脚边悄悄地哭。

队长从军衣袋掏出一支香烟来，烟已经揉曲了，队长慢慢地把它弄直，吸着了，喷一口烟，就对那“值日官”说道：

“咱们破了这件案子，您想来该得多少奖赏？”

“别说奖赏了，听说基干队的棉军衣还没着落。”

值日官冷冷地回答。于是队长就皱着眉头再喷一口烟。

天色更加黑了，值日官点上了洋油灯，正想去权代那“卫兵”做“门岗”，好替回那“卫兵”来烧饭，忽然队长双手一拍，站起来拿那洋油灯照到那“真命天子”的脸上，用劲地看着。看了一会儿，他就摆出老虎威风来，唬吓那孩子道：

“想做皇帝么？你犯的杀头罪，杀头，懂得么？”

孩子不敢再哭，也不说话，鼻涕拖有半尺长。

“同党还有谁？快说！”

值日官也在旁边吆喝。

回答是摇头。

队长生气了，放下洋油灯，抓住了那孩子的头发往后一撳，孩子的脸就朝上了，队长狞视着那拖鼻涕的脏瘦脸儿，厉声骂道：

“没有耳朵么？谁是同党？招出来，就不打你！”

“我不知道哟！我只知道拾柴捉草，人家说我的什么，我全不知道。”

“浑蛋！那就打！”

队长一边骂，一边就揪住那孩子的头到土地公公的泥腿上重重地碰了几下。孩子像杀猪似的哭叫了。土地公公腿上的泥簌簌地落在孩子的头上。

值日官背卷着手，侧着头，瞧着土地公公脸上蛀剩一半的白胡子。他知道队长的心事，他又瞧出那孩子实在笨得不像人样。等队长怒气稍平，他扯着队长的衣角，在队长耳边轻轻说了一句，两个人就踅到一边去低声商量。

孩子头上肿高了好几块，睁大着眼睛发愣，连哭都忘记了。

“明天把黄道士捉来，就有法子好想。”

值日官最后这么说了一句，队长点头微笑。再走到那孩子跟前，队长就不像刚才那股凶相，倒很和气地说：

“小孩子，你是冤枉了，明天就放你回去。可是你得告诉我，村里哪几家有钱？要是你不肯说，好，再打！”突然队长的脸又绷紧了，还用脚踩一下。

孩子仰着脸，浑身都抖了。抖了一会儿，他就摇头，一边就哭。

“贱狗！不打不招！”

队长跺着脚咆哮。值日官早拾起一根木柴，只等队长一声命令，就要打了。

但是庙门外蓦地来了一声狂呼，队长和值日官急转脸去看时，灯光下照见他们那卫兵兼门岗抱着头飞奔进来，后边是黑魆魆几条人影子。值日官丢了木柴就往土地公公座边的小门跑了。队长毕竟有胆，哼了一声，跳起来就取那条挂在泥塑“功曹”身上的快枪，可是枪刚到手，他已经被人家拦腰抱住，接着是兜头吃了一锄头，不曾再哼得一声，就死在地上。

卫兵被陆福庆捉住，解除了他身上的子弹带。

“逃走了一个！”

多多头抹着脸，大声说。队长脑袋里的血溅了多多头一脸和半身。

“三条枪全在这里了。子弹也齐全。逃走的一个，饶了他罢。”

这是李老虎的声音。接着，三个人齐声哈哈大笑。

多多头揪断了那“真命天子”身上的铁链，也拿过洋油灯来照他的脸。这孩子简直吓昏了，定住了眼睛，牙齿抖得格格地响。陆福庆和李老虎搀他起来，又拍着他的胸脯，揪他的头发。孩子惊魂中醒过来，第一声就哭。

多多头放下洋油灯，笑着说道：

“哈哈！你就是什么真命天子么？滚你的罢！”

这时庙门外风赶着雪花，磨旋似的来了。

1933 年

本篇最初发表于一九三三年二月《东方杂志》第三十卷第四号。曾收入生活书店出版的《残冬》（多人合集）和《茅盾文集》第七卷。

①乡间的一种草，有富于黏性的黑色小粒甚多，微臭，粘着在衣服上后，拂之不去，俗名“臭花娘子”。这名儿骂女人，就等于上海话的“烂污货”。

辑二

风景谈·白杨礼赞

白杨礼赞

白杨树实在不是平凡的，我赞美白杨树！

当汽车在望不到边际的高原上奔驰，扑入你的视野的，是黄绿错综的一条大毯子；黄的，那是土，未开垦的处女土，几百万年前由伟大的自然力所堆积成功的黄土高原的外壳；绿的呢，是人类劳力战胜自然的成果，是麦田，和风吹送，翻起了一轮一轮的绿波——这时你会真心佩服昔人所造的两个字“麦浪”，若不是妙手偶得，便确是经过锤炼的语言的精华。黄与绿主宰着，无边无垠，坦荡如砥，这时如果不是宛若并肩的远山的连峰提醒了你（这些山峰凭你的肉眼来判断，就知道是在你脚底下的），你会忘记了汽车是在高原上行驶，这时你涌起来的感想也许是“雄壮”，也许是“伟大”，诸如此类的形容词，然而同时你的眼睛也许觉得有点倦怠，你对当前的“雄壮”或“伟大”闭了眼，而另一种味儿在你心头潜滋暗长了——“单调”！可不是，单调，有一点儿罢？

然而刹那间，要是你猛抬眼看见了前面远远地有一排，——不，或者甚至只是三五株，一二株，傲然地耸立，像哨兵似的树木的话，那你的慷慨欲睡的情绪又将如何？我那时是惊奇地叫了一声的！

那就是白杨树，西北极普通的一种树，然而实在不是平凡的一种树！

那是力争上游的一种树，笔直的干，笔直的枝。它的干呢，通常是丈把高，像是加以人工似的，一丈以内，绝无旁枝；它所有的桠枝呢，一律向上，而且紧紧靠拢，也像是加以人工似的，成为一束，绝无横斜逸出；它的宽大的叶子也是片片向上，几乎没有斜生的，更不用说倒垂了；它的皮，光滑而有银色的晕圈，微微泛出淡青色。这是虽在北方的风雪的压迫下却保持着倔强挺立的一种树！哪怕只有碗来粗细罢，它却努力向上发展，高到丈许，二丈，参天耸立，不折不挠，对抗着西北风。

这就是白杨树，西北极普通的一种树，然而绝不是平凡的树！

它没有婆娑的姿态，没有屈曲盘旋的虬枝，也许你要说它不美丽，——如果美是专指“婆娑”或“横斜逸出”之类而言，那么白杨树算不得树中的好女子；但是它却是伟岸、正直、朴质、严肃，也不缺乏温和，更不用提它的坚强不屈与挺拔，它是树中的伟丈夫！当你在积雪初融的高原上走过，看见平坦的大地上傲然挺立这么一株或一排白杨树，难道你觉得树只是树，难道你就不想到它的朴质、严肃、坚强不屈，至少也象征了北方的农民；难道你竟一点也不联想到，在敌后的广大土地上，到处有坚强不屈，就像这白杨树一样傲然挺立的守卫他们家乡的哨兵！难道你又不更远一点想到这样枝枝叶叶靠紧团结，力求上进的白杨树，宛然象征了今天在华北平原纵横决荡用血写出新中国历史的那种精神和意志。

白杨不是平凡的树。它在西北极普遍，不被人重视，就跟北方农民相似；它有极强的生命力，磨折不了，压迫不倒，也跟北方的农民相似。我赞美白杨树，就因为它不但象征了北方的农民，尤其象征了今天我们民族解放斗争中所不可缺的朴质、坚强，以及力求上进的精神。

让那些看不起民众，贱视民众，顽固的倒退的人们去赞美那贵族化的楠木（那也是直干秀颀的），去鄙视这极常见，极易生长的白杨罢，但是我要高声赞美白杨树！

1941年

本文写于一九四一年春，最初与《秦岭之夜》等多篇散文连载于一九四一年四月八日至五月十六日香港《华商报》副刊《灯塔》，作者在将其编入《茅盾文集》第九卷时略做了修改。

思路拓展

《白杨礼赞》中作者说白杨树“是西北极普通的一种树，然而实在不是平凡的一种树。”既“极普通”又“不是平凡”，你觉得这是否矛盾呢？为什么？

秦岭之夜

下午三点钟出发，才开出十多公里，车就抛了锚。一个轮胎泄了气了。车上有二十三人。行李倒不多，但是装有商货（依照去年颁布的政令，凡南行的军车，必须携带货物，公家的或商家的，否则不准通行），两吨重的棉花。机器是好的，无奈载重逾额，轮胎又是旧的。

于是有组织的行动开始了。打千斤杠的，卸预备胎打气的，同时工作起来。泄气的轮胎从车上取下来了，可是要卸除那压住了橡皮外胎的钢箍可费了事了。绰号“黑人牙膏”的司机一手能举五百斤，是一条好汉，差不多二十分钟，才把那钢箍的倔强性克服下来。

车又开动了，上坡，“黑人牙膏”两只蒲扇手把得定定的，开上头挡排，汽车吱吱地苦呻，“黑人牙膏”操着不很圆润的国语说：“车太重了呀！”秦岭上还有积雪，秦岭的层岚叠嶂像永无止境似的。车吱吱地急叫，在爬。然而暝色已经从山谷中上来。忽然车停了，“黑人牙膏”跳下车去，俯首听了听，又检查机器，糟糕，另一轮胎也在泄气了，机器又有点故障。“怎么了呀？”押车副官问，也跳了下来。“黑人牙膏”摇头道，“不行呀！可是不要紧，勉强还能走，上了坡再说。”“能修么？”“能！”

挨到了秦岭最高处时，一轮满月，已经在头顶了。这里有两家面店，还有三五间未完工的草屋，好了，食宿都不成问题了，于是车就停下来。

第一件事是把全体的人，来一个临时部署：找宿处并加以分配，——这是一班；卸行李，——又一班；先去吃饭，——那是第三班。

未完成的草房，作为临时旅馆，说不上有门窗，幸而屋顶已经盖了草。但地下潮而且冷，秦岭最高处已近雪线。幸而有草，那大概是盖房顶余下来的。于是垫起草来，再摊开铺盖。没有风，但冷空气刺在脸上，就像风似的。月光非常晶莹，远望群山骈列，都在脚下。

二十三人中，有六个女的，车得漏夜修，需要人帮忙。车停在这样的旷野，也需得有人彻夜放哨。于是再来一个临时部署。帮忙修车，五六个人尽够了，放哨每班二人，两小时一班，全夜共四班。都派定了，中间没有女同志。但是W和H要求加入。结果，加了一班哨。先去睡觉的人，把皮大衣借给放哨的。

跟小面店里买了两块钱的木柴，烧起一个大火堆。修车的工作就在火堆的光亮下开始了。原来的各组组长又分别通知："睡觉的尽管睡觉，但不要脱衣服。"但即使不是为了预防意外，在这秦岭顶上脱了衣服过夜，而且是在那样的草房里，也不是人人能够支持的；空气使人鼻子里老是作辣，温度无疑是在零下。

躺在草房里朝外看，月光落在公路上，跟霜一般，天空是一片深蓝，眨眼的星星，亮得奇怪。修车的同志们有说有笑，夹着工作的声音，隐隐传来。可不知什么时候了，公路上还有赶着大车和犊口的老百姓断断续续经过。鸣鞭的清脆声浪，有时简直像枪响。月光下有一个人影从草房前走过，一会儿，又走回来：这是放哨的。

“呵，自有秦岭以来，曾有过这样的一群人在这里过夜否？”思绪奔凑，万感交集，眼睛有点润湿了，——也许受了冷空气的刺激，脸上是堆着微笑的。

咚咚的声音，隐约可闻；这是把轮胎打了气，用锤子敲着，从声音去辨别气有没有足够。于是眼前又显现出两位短小精悍的青年，——曾经是锦衣玉食的青年，不过一路上你看他们是那样活泼而快活！

在咚咚声中，有些人是进了睡乡了，但有些人却又起来，——放哨的在换班。天明之前的冷是彻骨的，……不知那火堆还有没有火？

蒙眬中听得人声，猛睁眼，辨出草房外公路上已不是月光而是曙色的时候，便有女同志的清朗的笑声愈来愈近了。火堆旁围满了人，木柴还没有烧完。行李放上车了。司机座前的玻璃窗上，冰花结成了美丽的图案。火堆上正烧着一罐水。滚热的毛巾揩拭玻璃上的冰花，然而随揩随又冻结。“黑人牙膏”和押车副官交替着摇车，可是车不动，汽油也冻了。

呵呵！秦岭之夜竟有这么冷呢！这时候，大家方始知道昨夜是在零下几度过去的。这发现似乎很有回味，于是在热闹的笑语中弄了草来烘汽车的引擎。

1941 年

本文写于一九四一年春，最初与《白杨礼赞》等多篇散文连载于一九四一年四月八日至五月十六日香港《华商报》副刊《灯塔》，作者在将其编入《茅盾文集》第九卷时略做了修改。

大地山河

住在西北高原的人们，不能想象江南太湖区域所谓“水乡”的居民的生涯；所谓“暮春三月，江南草长，杂花生树，群莺乱飞”，也还不是江南“水乡”的风光。缺少那交错密布的水道的西北高原的居民，听说人家的后门外就是河，站在后门口（那就是水阁的门），可以用吊桶打水，午夜梦回，可以听得橹声欸乃，飘然而过，总有点难以构成形象的罢？

没有到过西北——或者就是豫北陕南罢，——如果只看地图，大概总以为那些在普通地图上有名有目的河流，至少比江南“水乡”那些不见于普通地图上的“港”呀，“汊”呀，要大得多罢？至少总以为这些河终年汤汤，可以行舟的罢？有一个朋友曾到开封，那时正值冬季，他站在堤上，却还不知道他脚下所站的，就是有名的黄河堤岸；他向下视，只见有几股细水，在淤黄泥沙中流着，他还问：“黄河在哪里？”却不知这几股细水，就是黄河！原来黄河在水浅季节，就是几股细水！大凡在地图上有名有目的西北的河，到了冬季水浅，就是和江南的沟渠一样的东西，摆几块石头在浅处，是可以徒涉的。

乌鲁木齐河，那也是鼎鼎大名的；然而当我看见马车涉河而过的时候，我惊讶于这就是乌鲁木齐河！学生们卷起裤管，就徒涉了延水的事，如果不是亲见，也觉得可惊，因为延水在地图上也是有名有目的呀！

但是当夏季涨水的当儿，这些河却也实在威风。延水一次上流涨水，把“女大”①用以系住浮桥的一块几万斤重的大石头冲走了十多丈路。

光是从天空飞过，你不能具体地了解所谓“西北高原”的意义。光是从地上走过，你了解得也许具体些，然而还不够“概括”（恕我借用这两个字）。

你从客机的高度仪的指针上看出你是在海拔三千多公尺以上了，然而你从玻璃窗向下看，嘿，城郭市廛，历历在目，多清楚！那时你会恍然于下边是高原了。但在你还得在地上走过，然后你这认识才能够补足。

你会不相信你不是在平地上。可不是一望平畴，麦浪起伏？可是你再极目远望，那边天际一道连山，不也是和你脚下的“平地”是并列的么？有时你还觉得它比你脚下的低呢！要是凑巧，你的车子到了这么一个“土腰”，下面是万丈断崖，而这万丈断崖也还是中间阶段而已，那时你大概才切实地明白了高原之所以为高原了罢？

这也不是凭空可以想象的。

谢家的哥哥以“撒盐”比拟下雪，他的妹妹说，“未若柳絮因风舞”。自来都认为后者佳胜。自然，“柳絮因风舞”，多么清灵俊逸；但这是江南的雪景。如果说北方，那么谢家哥哥的比拟实在也没有错。当然也有下大朵的时候，那也是“柳絮”了，不过，“撒盐”时居多。

积在地上，你穿了长毡靴走过，那煞煞的响声，那颇有燥感的粉末，就会完全构成了“盐”的印象。要是在大野，一望皆白，平常多坎陷与浮土的道路，此时成为砥平则坚实，单马曳的雪橇轻溜溜地滑过，那时你真觉得心境清凉，——而实在，空气也清洁得好像滤过。

我曾在戈壁中远远看见一片白，颇惊讶于五月有雪，后来才知道这是盐池！

1941年8月19日

本篇最初发表于一九四一年年九月一日《笔谈》第一期，曾收入《茅盾散文速写集》。

①延安中国女子大学。

卖豆腐的哨子

早上醒来的时候，听得卖豆腐的哨子在窗外呜呜地吹。

每次这哨子声引起了我不少的怅惘。

并不是它那低叹暗泣似的声调在诱发我的漂泊者的乡愁；不是呢，像我这样的outcast[1]，没有了故乡，也没有了祖国，所谓“乡愁”之类的优雅的情绪，轻易不会兜上我的心头。

也不是它那类乎军笳然而已颇小规模的悲壮的颤音，使我联想到另一方面的烟云似的过去；也不是呢，过去的，只留下淡淡的一道痕，早已为现实的严肃和未来的闪光所掩煞、所销毁。

所以我这怅惘是难言的。然而每次我听到这呜呜的声音，我总抑不住胸间那股回荡起伏的怅惘的滋味。

昨夜我在夜市上，也感到同样酸辣的滋味：

每次我到夜市，看见那些用一张席片挡住了潮湿的泥土，就这么着货物和人一同挤在上面，冒着寒风在嚷嚷然叫卖的衣衫褴褛的小贩子，我总是感得了说不出的怅惘的心情。说是在怜悯他们么？我知道怜悯是亵渎的。那么，说是在同情于他们罢？我又觉得太轻。我心底里钦佩他们那种求生存的忠实的手段和态度，然而，亦未始不以为那是太拙笨。我从他们那雄辩似的“夸卖”声中感得了他们的心的哀诉。我仿佛看见他们吁出的热气在天空中凝集为一片灰色的云。

可是他们没有呜呜的哨子。没有这像是闷在瓮中，像是透过了重压而挣扎出来的地下的声音，作为他们的生活的象征。

呜呜的声音震破了冻凝的空气在我窗前过去了。我倾耳静听，我似乎已经从这单调的呜呜中读出了无数文字。

我猛然推开幛子，遥望屋后的天空。我看见了些什么呢？我只看见满天白茫茫的愁雾。

本篇最初发表于一九二九年年二月十日《小说月报》第二卷第二号。署名M.D.。曾收入《宿莽》《茅盾文集》第九卷和《茅盾散文速写集》。

①英语，指无家可归的人或漂流的人。

香　市

“清明”过后，我们镇上照例有所谓“香市”，首尾大约半个月。

赶“香市”的群众，主要是农民。“香市”的地点，在社庙。从前农村还是“桃源”的时候，这“香市”就是农村的“狂欢节”。因为从“清明”到“谷雨”这二十天内，风暖日丽，正是“行乐”的时令，并且又是“蚕忙”的前夜，所以到“香市”来的农民一半是祈神赐福（蚕花廿四分），一半也是预酬蚕节的辛苦劳作。所谓“借佛游春”是也。

于是“香市”中主要的节目无非是“吃”和“玩”。临时的茶棚，戏法场，弄缸弄甏，走绳索、三上吊的武技班，老虎、矮子、提线戏、髦儿戏、西洋镜——将社庙前五六十亩地的大广场挤得满满的。庙里的主人公是百草梨膏糖、花纸，各式各样泥的纸的金属的玩具，灿如繁星的“烛山”，熏得眼睛流泪的檀香烟，木拜垫上成排的磕头者。庙里庙外，人声和锣鼓声，还有孩子们手里的小喇叭、哨子的声音，混合成一片骚音，三里路外也听得见。

我幼时所见的“香市”，就是这样热闹的。在这“香市”中，我不但赏鉴了所谓“国技”，我还认识了老虎、豹、猴子、穿山甲。所以“香市”也是儿童们的狂欢节。

“革命”以后，据说为的要“破除迷信”，接连有两年不准举行“香市”。社庙的左屋被“公安分局”借去做了衙门，而庙前广场的一角也筑了篱笆，据说将造公园。社庙的左偏殿上又有什么“蚕种改良所”的招牌。

然而从去年起，这“迷信”的香市忽又准许举行了。于是我又得机会重温儿时的旧梦，我很高兴地同三位堂妹子（她们运气不好，出世以来没有见过像样的热闹的香市），赶那香市去。

天气虽然很好，“市面”却很不好。社庙前虽然比平日多了许多人，但那空气似乎很阴惨。居然有锣鼓的声音。可是那声音单调。庙前的乌龙潭一泓清水依然如昔，可是潭后那座戏台却坍塌了，屋椽子像瘦人的肋骨似的暴露在“光风化日”之下。一切都不像我儿时所见的香市了！

那么姑且到唯一的锣鼓响的地方去看一看罢。我以为这锣鼓响的是什么变把戏的，一定也是瘪三式的玩意了。然而出乎意料，这是“南洋武术班”，上海的《良友画报》六十二期揭载的“卧钉床”的大力士就是其中的一员。那不是无名的“江湖班”。然而他们只售平价十六枚铜元。

看客却也很少，不满二百（我进去的时候，大概只有五六十）。武术班的人们好像有点失望，但仍认真地表演了预告中的五六套：马戏、穿剑门、穿火门、走铅丝、大力士……他们说：“今天第一回，人少，可是把式不敢马虎——”他们三条船上男女老小总共有到三十个！

在我看来，这所谓“南洋武术班”的几套把式比起从前“香市”里的打拳头、卖膏药的玩意来，委实是好看得多了。要是放在十多年前，怕不是挤得满场没个空隙儿么？但是今天第一天也只得二百来看客。往常“看市”的主角——农民，今天差不多看不见。

后来我知道，镇上的小商人是重兴这“香市”的主动者，他们想借此吸引游客“振兴”市面，他们打算从农民的干瘪的袋里榨出几文来。可是他们这计划失败了！

一九二〇年十月

本篇最初发表于一九三三年七月十五日《申报月刊》第二卷第七期。曾收入《话匣子》《茅盾文集》第九卷和《茅盾散文速写集》。

桑　树

跟“香市”里的把戏班子一同来的是“桑秧客人”。

为什么叫做“客人“呢？孩子们自伙淘里私下议论。睁大了小眼睛躲在大人身背后，孩子们像看把戏似的望着这些“客人”。说话听不懂；他们全是外路口音。装束也有点不顺眼：他们大半穿一件土蓝布的，说它是长衫就太短，说是马褂又太长，镇上没人穿的褂子；他们又有满身全是袋的，又长又大，看上去又挺厚的土蓝布做的背心；年纪大一点的，脚上是一双土布鞋，浅浅的鞋帮面，双梁，配着白布的袜子，裤管塞在袜筒里。镇上只有几个老和尚是这么打扮的。

他们卖“桑秧”。什么叫“桑秧”，孩子们有点懂。这是小小的桑树，大桑树有桑果。孩子们大都爬上过大桑树，他们不稀罕这么魔[1]的小家伙，可是他们依然欢迎这些外路的“桑秧客人”，为的是“桑秧客人”来了，“香市”也就快到，戏班子船跟桑秧船停在一处。

就同变把戏的先要看定场子一样，“桑秧客人”也租定了镇上人家的一两间空屋，摆出货来了。他们那桑秧的种类真多！一人高，两叉儿的，通常是一棵一棵散放着，直挺挺靠在墙壁上，好比是已经能够自立的小伙子。差不多同样高，然而头上没有两叉儿的，那就四棵或者六棵并成一组，并且是躺在地上了！它们头碰脚的一组一组叠起来高到廊檐口。它们是桑秧一家子里边的老二。还有老三、老四、老五……自然也只有躺在泥地上叠“人”堆的份儿了，通常是二十棵，三十棵乃至五十棵扎成一组。

最末了的“老么”们竟有百来棵挤成一把儿的。你远看去总以为是一把扫帚。“桑秧客人”也当它们扫帚似的随随便便在门槛边一放。

有时候，门槛边挤的人多了，什么草鞋脚、赤脚或者竟是“桑秧客人”他们自己的土布双梁鞋，也许会踹在“老么”们那一部大胡子似的细根上。有时碰到好晴天，太阳光晒进屋子里来了，“桑秧客人”得给“老大”它们的根上洒点水或者拿芦席盖在它们身上；可是门槛边的“老么”们就没有那份福来享。顶巴结的“客人”至多隔一天拿它们到河里去浸一浸，就算了。

因为百来棵一把的“老么”们的代价还赶不上它们“大哥”一棵的小半儿呵！

逛“香市”的乡下人就是“桑秧客人”作买卖的对象。

乡下人总要先看那些疏疏落落靠在墙壁上的一人高两叉儿的“老大”。他们好像“看媳妇”似的相了又相，问价钱，扪一下自己的荷包，还了价钱，再扪一下自己的荷包。

两叉儿的“老大”它们都是已经“接过”的，就好比发育完全的大姑娘；种到地里，顶多两年工夫就给你很好的桑叶了。“老二”以下那一班小兄弟，即使个儿跟“老大”差不多，天分却差得远了。它们种到地里，第二年还得“接”；不“接”么，大片来就是野桑，叶儿又小又瘦，不能作蚕宝宝的食粮。“接过”后，也还得三年四年——有时要这么五年，才能生叶，才像一棵桑树。

然而乡下人还了价钱，扪着自己的荷包，算来算去不够交结“老大”的时候，也只好买“老二”，“老三”它们这好比“领”一个八九十来岁的女孩子作“童养媳”，几时可以生儿子，扳指头算得到。只有那门槛边的“老么”们，谁的眼光不会特地去看一下。乡下人把“老二”，“老三”它们都看过，问价而且还价以后，也许有意无意地拿起扫帚样的“老么”们看一眼，但是只看一眼，就又放下了。可不是，要把这些“老么”调理到能够派正用，少说也得十年呀！谁有这么一份耐心呢？便算有耐心，谁又有那么一块空地搁上十年再收利呢！

有时候，讨价还价闹了半天，交易看看要不成了，“桑秧客人”抓抓头皮，就会拿起门槛边那些扫帚样的“老么”们掷在乡下人面前说：“算了罢，这一把当做饶头[②]罢！”乡下人也摸着下巴，用他的草鞋脚去拨动“老么”们那一部大胡子似的细根。

偶亦有货主主动赠与的交易成功了。乡下人据着两三组“老二”或是“老三”，手里拎着扫帚似的“老么”。

“老么”就常常这样“赔嫁丫头”似的跟着到了乡下。

特地去买“老么”来种的，恐怕就只有黄财发。

他是个会打“远算盘”的人，他的老婆养第二个孩子的时候，他就到镇上育婴堂里“抱”了个八个月大的女孩子来给他三岁大的儿子做老婆。他买那些“老么”辈份的桑秧，也跟“抱”八个月大的童养媳同样的“政策”。他有一块地，据说是用得半枯，非要让它醒一醒不可了，他花三毛钱买了两把“老么”桑秧来，就种在那块地上。

这就密密麻麻种得满满的了，总数有两百四十多。当年冬天冻死了一小半。第二年春，他也得了“赔嫁”的一把，就又补足了上年的数目，到第四年上，他请了人来“接”；那时他的童养媳也会挑野菜了。小桑树“接”过后，只剩下一百多棵像个样儿，然而黄财发已经满足。他这块地至多也不过拼下百来棵大桑树。

可是这是十年前的旧事。现在呢，黄财发的新桑地已经出过两次叶了，够吃一张“蚕种”。黄财发的童养媳也长成个大姑娘，说不定肚子里已经有儿子。

八个月大的女孩子长成了人，倒还不知不觉并没操多少心。么细的桑秧也种得那么大，可就不同。黄财发会背给你听；这十来年里头，他在那些小桑树身上灌了多少心血；不但是心血，还花了钱呢！他有两次买了河泥来壅肥这块用枯了的地。十年来，他和两个儿子轮换着到镇上去给人家挑水换来的灰，也几乎全都用在这块桑地。

现在好了，新桑地就像一个壮健的女人似的，去年已经给了他三四十担叶，就可惜茧价太贱，叶价更贱得不成话儿。

这是日本兵打上海那一年的事。

这一年，黄财发的邻舍李老四养蚕亏本，发狠把十来棵老桑树都砍掉了，空出地面来改种烟片。虽则是别人的桑树，黄财发看着也很心痛。他自然知道烟片一担卖得好时就有二三十块，这跟一块钱三担的叶价真是不能比。然而他看见好好的桑树砍做柴烧，忍不住要连声说：“罪过！罪过！”

接连又是一年“蚕熟”，那时候，黄财发的新桑地却变成了他的“命根”：人家买贵叶给蚕吃，黄家是自吃自。但是茧子卖不起钱，黄财发只扯了个够本。

“早晓得这样，自家不养蚕，卖卖叶，多么好呢！”黄财发懊悔得什么似的；这笔损失账，算来算去算不清。

下一年就发狠不养蚕了，专想卖叶。然而作怪，叶价开头就贱到不成话儿。四五十人家的一个村坊，只有五六家养蚕，而且都是自己有叶的。邻村也是如此。镇上的“叶行”是周圆二三百里范围内桑叶“买”“卖”的总机关，但这一年叫做“有秤无市”。最初一元两担的时候，黄财发舍不得卖，后来跌到一元四担，黄财发想卖也卖不脱手。

十多年来的“如意算盘”一朝打翻了！

要是拿这块桑地改种了烟叶，一年该有多少好处呢？四担的收成是有的罢？一担只算二十块钱，也有这些……黄财发时常转着这样的念头。一空下来，他就去巡视他的新桑地。他像一个顶可恶的收租米人似的，居心挑剔那些新桑树。他摇动每一棵桑树的矮身子，他仔细看那些皱皮上有没有虫蛀；末了他只有摇头叹气。这些正在壮年的新桑树一点“败相”也没有！要是它们有点“败相”，黄财发那改种烟叶的念头就会决定。

他又恨这些新桑树，又爱这些新桑树。他看着这些变不出钱来的新桑树，真比逃走了一个养大到十八九岁的童养媳还要生气！

而况他现在的光景也比不上十年前了。十年前他还能够“白搁着”这块地，等它过了十年再生利。现在他却等不及。他负了债，他要钱来完粮缴捐呢！

但是烟叶在村坊里的地盘却一天一天扩大了。等到黄财发一旦下了决心，那烟片的价钱也会贱到不像话儿罢？不过黄财发是想不到那么远的。如果他能想到那么远，他就会知道，现在是无论什么巧法儿，都不能将他的生活再“绷补”[3]去了。

最后还得交代一句：像黄财发那样的“身家”，在村里是数一数二的。

本篇最初发表于一九三四年九月十五日《申报月刊》第三卷第九期。署名横波。曾收入《速写与随笔》《茅盾文集》第九卷和《茅盾散文速写集》。

①么魔：湖、嘉一带的方言，形容小且丑。

②饶头：江浙方言。购物付款后，买方要求货主馈赠的部分。

③绷补：江浙方言。勉强能维持的意思。

风 景 谈

前夜看了《塞上风云》的预告片，便又回忆起猩猩峡外的沙漠来了。那还不能被称为“戈壁”，那在普通地图上，还不过是无名的小点，但是人类的肉眼已经不能望到它的边际，如果在中午阳光正射的时候，那单纯而强烈的反光会使你的眼睛不舒服；没有隆起的沙丘，也不见有半间泥房，四顾只是茫茫一片，那样的平坦，连一个“坎儿井”也找不到；那样的纯然一色，即使偶尔有些驼马的枯骨，它那微小的白光，也早溶入了周围的苍茫；又是那样的寂静，似乎只有热空气在作哄哄的火响。然而，你不能说，这里就没有“风景”。当地平线上出现了第一个黑点，当更多的黑点成为线，成为队，而且当微风把铃铛的柔声，叮当，叮当，送到你的耳鼓，而最后，当那些昂然高步的骆驼，排成整齐的方阵，安详然而坚定地愈行愈近，骆驼队中领队驼所掌的那一杆长方形猩红大旗耀入你眼帘，而且大小叮当的谐和的合奏充满了你耳管，一这时间，也许你不出声，但是你的心里会涌上了这样的感想的：多么庄严，多么妖媚呀！这里是大自然的最单调最平板的一面，然而加上了人的活动，就完全改观，难道这不是“风景”吗？自然是伟大的，然而人类更伟大。

于是我又回忆起另一个画面，这就在所谓“黄土高原”！那边的山多数是秃顶的，然而层层的梯田，将秃顶装扮成稀稀落落有些黄毛的癞头，特别是那些高秆植物颀长而整齐，等待检阅的队伍似的，在晚风中摇曳，别有一种惹人怜爱的姿态。可是更妙的是三五月明之夜，天是那样的蓝，几乎透明似的，月亮离山顶，似乎不过几尺，远看山顶的小米丛密挺立，宛如人头上的怒发，这时候忽然从山脊上长出两支牛角来，随即牛的全身也出现，掮着犁的人形也出现，并不多，只有三两个，也许还跟着个小孩，他们姗姗而下，在蓝的天、黑的山、银色的月光的背景上，成就了一幅剪影，如果给田园诗人见了，必将赞叹为绝妙的题材。可是没有完。这几位晚归的种地人，还把他们那粗朴的短歌，用愉快的旋律，从山顶上飘下来，直到他们没入了山坳，依旧只有蓝天明月黑魆魆的山，歌声可是缭绕不散。

另一个时间。另一个场面。夕阳在山，干坼的黄土正吐出它在一天内所吸收的热，河水汤汤急流，似乎能把浅浅河床中的鹅卵石都冲走了似的。这时候，沿河的山坳里有一队人，从“生产”归来，兴奋的谈话中，至少有七八种不同的方音。忽然间，他们又用同一的音调，唱起雄壮的歌曲来了，他们的爽朗的笑声，落到水上，使得河水也似在笑。看他们的手，这是惯拿调色板的，那是昨天还拉着提琴的弓子伴奏着《生产曲》的，这是经常不离木刻刀的，那又是洋洋洒洒下笔如有神的，但现在，一律都被锄锹的木柄磨起了老茧了。他们在山坡下，被另一群所迎住。这里正燃起熊熊的野火，多少曾调朱弄粉的手儿，已经将金黄的小米饭、翠绿的油菜，准备齐全。这时候，太阳已经下山，却将它的余晖幻成了满天的彩霞，河水喧哗得更响了，跌在石上的便喷出了雪白的泡沫，人们把沾着黄土的脚伸在水里，任它冲刷，或者掬起水来，洗一把脸。在背山面水这样一个所在，静穆的自然和弥漫着生命力的人，就织成了美妙的图画。

在这里，蓝天明月、秃顶的山、单调的黄土、浅濑的水，似乎都是最恰当不过的背景，无可更换。自然是伟大的，人类是伟大的，然而充满了崇高精神的人类的活动，乃是伟大中之尤其伟大者！

我们都曾见过西装革履烫发旗袍高跟鞋的一对儿，在公园的角落，绿荫下长椅上，悄悄儿说话，但是试想一想，如果在一个下雨天，你经过一边是黄褐色的浊水，一边是怪石峭壁的崖岸，马蹄很小心地探入泥浆里，有时还不免打了一下跌撞，四面是静寂灰黄，没有一般所谓的生动鲜艳，然而，你忽然抬头看见高高的山壁上有几个天然的石洞，三层楼的亭子间似的，一对人儿促膝而坐，只凭剪发式样的不同，你方能辨认出一个是女的，他们被雨赶到了那里，大概聊天也聊够了，现在是摊开着一本札记簿，头凑在一处，一同在看，——试想一想，这样一个场面到了你眼前时，总该和在什么公园里看见了长椅上有一对儿在偎倚低语，颇有点味儿不同罢？如果在公园时你一眼瞥见，首先第一会是“这里有一对恋人”，那么，此时此际，倒是先感到那样一个沉闷的雨天，寂寞的荒山，原始的石洞，安上这么两个人，是一个“奇迹”，使大自然顿时生色！他们之是否恋人，落在问题之外。你所见的，是两个生命力旺盛的人，是两个清楚明白生活意义的人，在任何情形之下，他们不倦怠，也不会百无聊赖，更不至于从胡闹中求刺激，他们能够在任何情况之下，拿出他们那一套来，怡然自得。但是什么能使他们这样呢？

不过仍旧回到“风景”罢；在这里，人依然是“风景”的构成者，没有了人，还有什么可以称道的？再者，如果不是内生活极其充满的人作为这里的主宰，那又有什么值得怀念？

再有一个例子：如果你同意，二三十棵桃树可以称为林，那么这里要说的，正是这样一个桃林。花时已过，现在绿叶满株，却没有一个桃子。半爿旧石磨，是最漂亮的圆桌面，几尺断碑，或是一截旧阶石，那又是难得的几案。现成的大小石块作为凳子——而这样的石凳也还是以奢侈品的姿态出现。这些怪样的家具之所以成为必要，是因为这里有一个茶社。桃林前面，有老百姓种的荞麦，也有玉米这一类高秆植物。荞麦正当开花，远望去就像一张粉红色的地毯，玉米就像是屏风，靠着地毯的边缘。太阳光从树叶的空隙落下来，在泥地上，石家具上，一抹一抹的金黄色。偶尔也听得有草虫在叫，带住在林边树上的马儿伸长了脖子就树干搔痒，也许是乐了，便长嘶起来。“这就不坏！”你也许要这样说。可不是，这里是有一般所谓“风景”的一些条件的！然而，未必尽然。在高原的强烈阳光下，人们喜欢把这一片树荫作为户外的休息地点，因而添上了什么茶社，这是这个“风景区”成立的因缘，但如果把那二三十棵桃树，半爿磨石，几尺断碣，还有荞麦和玉米，这些其实到处可遇的东西，看成了此所谓风景区的主要条件，那或者是会贻笑大方的。中国之大，比这美得多的所谓风景区，数也数不完，这个值得什么？所以应当从另一方面去看。现在请你坐下，来一杯清茶，两毛钱的枣子，也做一次桃园的茶客罢。如果你愿意先看女的，好，那边就有三四个，大概其中有一位刚接到家里寄给她的一点钱，今天来请请同伴。那边又有几位，也围着一个石桌子，但只把随身带来的书籍代替了枣子和茶了。更有两位虎头虎脑的青年，他们走过“天下最难走的路”，现在却静静地坐着，温雅得和闺女一般。男女混合的一群，有坐的，也有蹲的，争论着一个哲学上的问题，时时哗然大笑，就在他们近边，长石条上躺着一位，一本书掩住了脸。这就够了，不用再多看：总之，这里有特别的氛围，但并不古怪：人们来这里，只为恢复工作后的疲劳，随便喝点，要是袋里有钱；或不喝，随便谈谈天；在有闲的只想找一点什么来消磨时间的人们看来，这里坐的不舒服，吃的喝的也太粗糙简单，也没有什么可以供赏玩，至多来一次，第二次保管厌倦。但是不知道消磨时间为何物的人们却把这一片简陋的绿荫看得很可爱，因此，这桃林就很出名了。

因此，这里的“风景”也就值得留恋，人类的高贵精神的辐射，填补了自然界的贫乏，增添了景色，形式的和内容的。人创造了第二自然！

最后一段回忆是五月的北国。清晨，窗纸微微透白，万籁俱静，嘹亮的喇叭声，破空而来。我忽然想起了白天在一本贴照簿上所见的第一张，银白色的背景前一个淡黑的侧影，一个号兵举起了喇叭在吹，严肃、坚决、勇敢和高度的警觉，都表现在小号兵的挺直的胸膛和高高的眉棱上边。我赞美这摄影家的艺术，我回味着，我从当前的喇叭声中也听出了严肃、坚决、勇敢和高度的警觉来，于是我披衣出去，打算看一看。空气非常清冽，朝霞笼住了左面的山，我看见山峰上的小号兵了。霞光射住他，只觉得他的额角异常发亮，然而，使我惊叹叫出声来的，是离他不远有一位荷枪的战士，面向着东方，严肃地站在那里，犹如雕像一般。晨风吹着喇叭的红绸子，只这是动的，战士枪尖的刺刀闪着寒光，在粉红的霞色中，只这是刚性的。我看得呆了，我仿佛看见了民族的精神化身而为他们两个。

如果你也当它是“风景”，那便是真的风景，是伟大中之最伟大者！

1940 年 12 月于枣子岚垭

辑三

少年回忆·三年又三年

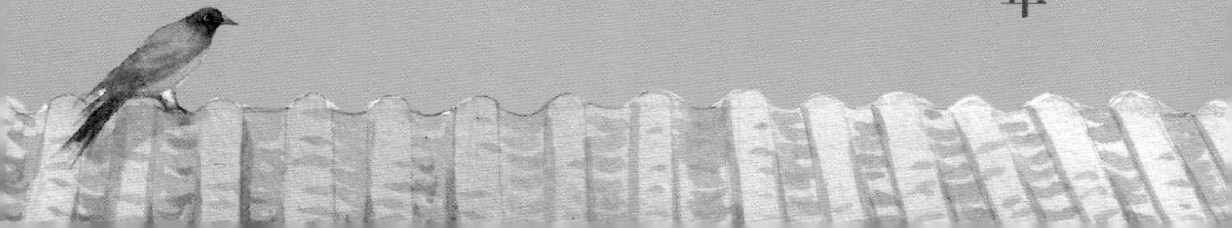

我的小学

我们大家庭里有个家塾，已经办了好多年了。我的三个小叔子和二叔祖家的几个孩子都在家塾里念书。老师就是祖父。但是我没有进家塾，父亲不让我去。父亲不赞成祖父教的内容和教学方法。祖父教的是《三字经》《千家诗》这类老书，而且教学不认真，经常丢下学生不管，自顾出门听说书或打小麻将去了。因此，父亲就自选了一些新教材如《字课图识》《天文歌略》《地理歌略》等，让母亲来教我。所以，我的第一个启蒙老师是我母亲。

但是，祖父仍嫌教家塾是个负担，我七岁那年，他就把这教家塾的担子推给了我父亲。父亲那时虽然有低烧，但尚未病倒，他就一边行医，一边教这家塾。我也就因此进了家塾，由父亲亲自教我。我的几个小叔子仍旧学老课本，而我则继续学我的新学。父亲对我十分严格，每天亲自节录课本中四句要我读熟。他说：慢慢地加上去，到一天十句为止。

可是不到一年，父亲病倒了。家塾仍由祖父来教。父亲就把我送到一个亲戚办的私塾中去继续念书。这亲戚就是我曾祖母的侄儿王彦臣。王彦臣教书的特点是坐得住，能一天到晚盯住学生，不像其他私塾先生那样上午应个景儿，下午自去访友、饮茶、打牌去了，所以他的“名声”不错，学生最多时达到四五十个。王彦臣教的当然是老一套，虽然我父亲叮嘱他教我新学，但他不会教。我的同学一般都比我大，有大六七岁的，只有王彦臣的一个女儿（即我的表姑母）和我年龄差不多。这个表姑母叫王会悟，后来就是李达（号鹤鸣）的夫人。

又过了半年多，乌镇办起了第一所初级小学——立志小学，我就成为这个小学的第一班学生。立志小学校址在镇中心原立志书院旧址，大门两旁刻着一副大字对联：“先立乎其大，有志者竟成”，嵌着立志二字。这立志书院是表叔卢鉴泉的祖父卢小菊创办的。卢小菊是个举人，而且高中在前五名内，所以在镇上缙绅中名望很高，他办了立志书院，任山长（院长）。现在在原校址办起立志小学，又由卢鉴泉担任校长。卢表叔那年和我父亲结伴去杭州参加乡试，中了举人，第二年到北京会试落第，就回乡当缙绅。因为他在绅缙中年纪最小，又好动，喜欢管事，办小学的事就推到了他身上。

在卢鉴泉的积极筹划下，开学那天居然到了五六十个学生。学生按年龄分为甲、乙二班，大的进甲班，小的进乙班，我被分到了乙班。但上课不到十天，两班学生根据实际水平又互有调换，我调到了甲班。其实两班的课程是差不多的，只是甲班进度快些，而且一开课就学《论语》。同班同学中我的年龄最小，最大的一个有二十岁，已经结婚了。甲班有两个老师，一个是我父亲的好朋友沈听蕉，他教国文，兼教修身和历史，另一个姓翁的教算学，他不是乌镇人。国文课本用的是《速通虚字法》和《论说入门》（这是短则五六百字，长则一千字的言富国强兵之道的论文或史论），修身课本就是《论语》，历史教材是沈听蕉自己编的。

至于按规定新式小学应该有的音乐、图画、体操等课程，都没有开。

那时候，父亲已卧床不起，房内总要有人侍候，所以我虽说上了学，却时时要照顾家里。好在学校就在我家隔壁，上下课的铃声听得很清楚，我听到铃声再跑去上课也来得及，有时我就干脆请假不去了。母亲怕我落下的功课太多，就自己教我，很快我就把《论语》读完了，比学校里的进度快。

《速通虚字法》帮助我造句，《论说入门》则引导我写文章。那时，学校月月有考试，单考国文一课，写一篇文章（常常是史论），还郑重其事地发榜，成绩优秀的奖赏。所以会写史论就很重要。沈听蕉先生每周要我们写一篇作文，题目经常是史论，如《秦始皇汉武帝合论》之类。他出了题目，照例要讲解几句，暗示学生怎样立论，怎样从古事论到时事。我们虽然似懂非懂，却都要争分数，自然跟着先生的指引在文章中“论古评今”。

然而我这十岁才出头的儿童实在没有这方面的知识和见解，结果，“硬地上掘蟮”，发明了一套三段论的公式：第一，将题目中的人或事叙述几句；第二，论断带感慨；第三，用一句套话来收梢，这句套话是“后之为 ×× 者可不 × 乎？”这是一道万应灵符，因为只要在“为”字下边填上相应的名词，如“人主”“人父”“人友”“将帅”等等，又在“不”字之下填上“慎”“戒”“欢”“勉”一类动词就行了。每星期写一篇史论，把我练得有点“老气横秋”了，可是也使我的作文在学校中出了名，月考和期末考试，我都能带点奖品回家。

在进立志小学的第二年夏天，父亲去世了。母亲遵照父亲的遗嘱，把全部心血倾注到我和弟弟身上。尤其对我，因为我是长子，管教极严，听得下课铃声而我还没回家，一定要查问我为什么迟到，是不是到别处去玩了。有一天，教算学的先生病了，我急要回家，可是一个年纪比我大五六岁的同学拉着我跟他玩，我不肯，他在后面追，自己不小心在学校大院子里一棵桂树旁边跌了一跤，膝头和手腕的皮肤的表层擦破了，手腕上还出了点血。这个同学拉着我到我家中向母亲告状。母亲安慰那个同学，又给他几十个制钱，说是医治他那个早已血止的手腕。这时，我的祖母和最会挑剔的二姑母（因她排行是第二）都在场，二姑母还说了几句讥讽母亲的话，于是母亲突然大怒，拉我上楼，关了房门，拿起从前家塾中的硬木大戒尺，便要打我。过去，母亲也打我，不过用裁衣的竹尺打手心，轻轻几下而已。如今举起这硬木的大戒尺，我怕极了，快步开了房门，直往楼下跑，还听得母亲在房门边恨声说：“你不听管教，我不要你这儿子了。”我一直跑出大门到街上去了。这时惊动了全家。祖母命三叔找我。三叔找不到，回家复命。祖母更着急了，却又不便埋怨我母亲。我在街上走了一会儿，觉得还是应当回学校请沈听蕉先生替我说情。沈先生是看见那个同学自己绊了一跤的。沈先生带我到家中大门内那个小院子里，请母亲出来说话。母亲却不下楼，就在楼上面临院子的窗口听沈先生说明。沈先生说：“这事我当场看见。是那孩子不好，他要追德鸿，自己绊了跤，反诬告德鸿。怕你不信，我来作证。”又说：“大嫂读书知礼，岂不闻孝子事亲，小杖则受，大杖则走乎？德鸿做得对。”母亲听了，默然片刻，只说了“谢谢沈先生”就回房去了。祖母不懂沈先生那两句文言，看见母亲只说“谢谢”就回房，以为母亲仍要打我，带我到房中。这时母亲背窗而坐，祖母叫我跪在母亲膝前，我也哭着说：“妈妈，打罢。”母亲泪如雨下，只说了“你的父亲若在，不用我……”就说不下去，拉我起来。

事后，我问母亲，沈先生那几句话是什么意思，母亲说：“父母没有不爱子女的，管教他们是要他们学好。父母盛怒之时，用大杖打子女，如果子女不走，打伤了，岂不反而使父母痛心么？所以说大杖则走。”

从此以后，母亲不再打我了。

这年冬季，我毕业了。转入新办的植材高等小学。植材的前身是中西学堂，校址原来在乌镇郊外一二里的孔家花园里。这所谓孔家花园是个无主荒园，略加修葺，算是校舍。这中西学堂，半天学英文，半天读古文，学生都是十七八岁的小伙子，在学校住宿，平时出来，排成两列纵队，一律穿白夏布长衫、白帆布鞋，走路脚弯笔直，目不斜视，十分引人注目，尤其我们这些小学生更是羡慕得不得了。现在中西学堂改名为植材高等小学迁移到镇内，并且新建了三排洋房，地址在道教供奉太上老君的所谓“北宫”。太平军与清军在乌镇作战时，这北宫毁了大半，新建的三排洋式房子就在焚毁的空地上，包括六间教室和一间储存物理、化学教学用的药品和器具的小房。教员和学生的宿舍却在剩下的原北宫。

我进植材后，才知道教的课程已经不是原来中西学堂的英文、国文两门，而是增加了算学（代数、几何）、物理、化学、音乐、图画、体操等六七门课，又知道教英文和教新增加的课程的，都是中西学堂的高材生，毕业后由学校保送到上海进了什么速成班，一年后回来做我们的老师的。教我们英文的叫徐承焕，用的课本是内容相当深的纳氏文法第一册（按：英人纳司非尔特编的文法书共四册，最后一册讲到英文修辞学），他还兼教音乐和体操。教代数、几何的是徐的兄弟徐承奎，用的几何课本是《形学备旨》，代数课本是什么记不得了，但进度很快。

教国文的有四个老师，一个就是王彦臣，他现在不办私塾，到新学堂里来教书了，不过教的还是老一套，他教的好像是《礼记》。一个叫张济川，外镇人，他是中西学堂的高材生，由校方保送到日本留学两年回来的，他教《易经》，又兼教物理和化学，上化学课时，他在教室里做实验，使我们大开眼界。另外两个国文教师都是镇上的老秀才，一个教《左传》，一个教《孟子》。教《孟子》的姓周，虽是个秀才，却并不通，他解释《孟子》中“弃甲遗兵而走”一句，把“兵”解释为兵丁，说战败的兵，急于逃命，扔掉盔甲，肩背相磨，仓皇急走，就好像一条人的绳，被拖着走。但《孟子》的朱注明明说“兵”是武器，我们觉得他讲错了，就向他提出疑问，他硬不认错，直闹到校长那里。校长叫徐晴梅，是个领生（秀才考得好可以领一笔奖学金，称领生），也是我父亲的朋友，他大概觉得不能让老秀才在学生面前丢脸，就说：“可能周先生说的是一种古本的解释罢？”

图画课在当时一般的小学校里是不容易开的，因为教师实在难找。植材小学总算找到了一个，是镇上一位专门替人画尊容的画师。那时，乌镇还见不到照像，人死后，就请画尊容的画师来画一张尊容像，留作纪念。这位画师有六十多岁了，他教我们临摹《芥子园画谱》，说：“临完了一部《芥子园画谱》，不论是梅兰竹菊、山水、翎鸟，都有了门径。”但是他从不自己动手，只批改我们的画稿，他认为不对的地方，就赏一红杠，大书“再临一次”。

对于音乐，我是喜欢的。音乐用的是沈心工编的课本，其中有一首《黄河》共四节，现在还记得第一节是“黄河，黄河，出自昆仑山，远从蒙古地，流入长城关，古来多少圣贤，生此河干。长城外，河套边，黄沙白草无人烟，安得十万兵，长驱西北边，饮马乌梁海，策马乌拉山。”这首歌曲调悲壮，我很喜欢，但不甚懂歌词的意义，教音乐的徐先生，只教唱，不解释歌词。我问母亲。母亲为我详细解释，并及白草的典故，但乌梁海、乌拉山，母亲也不懂，只说这大概是外国的地名。

进植材的第二年上半年有所谓童生会考。前清末年废科举办学校时，普遍流传，中学毕业算是秀才，高等学校毕业算是举人，京师大学堂毕业算是进士，还钦赐翰林。所以高等小学学生自然是童生了。我记不起植材同什么高等小学会考，只记得植材这次会考是由卢鉴泉表叔主持，出的题目是《试论富国强兵之道》。我把父亲与母亲议论国家大事那些话凑成四百多字，而终之以父亲生前曾反复解释的“大丈夫当以天下为己任”。卢表叔对这句加了密圈，并作批语：“十二岁小儿，能作此语，莫谓祖国无人也。”

卢表叔特地把这卷子给我的祖父看，又对祖母赞扬我。祖母把卷子给我母亲看后，仍把卷子还给卢表叔。

母亲笑着对我说：“你这篇论文是拾人牙慧的。卢表叔自然不知道，给你个好批语，还特地给祖父看。祖母和二姑妈常常说你该到我家的纸店做学徒了，我料想卢表叔也知道。他不便反对，所以用这方法。”又说：“去年祖母不许你四叔再去县立小学，卢表叔特地来对祖父说，这是袍料改成马褂了！’”原来我母亲为了让我继续念书受到了很大的压力。卢表叔把我童生会考的成绩到处宣扬，也是为了帮助我母亲减轻一点压力，使母亲能按照我父亲的遗嘱去做。

我在植材是寄宿的。寄宿生和教师同桌吃饭，肴馔比较好。母亲不惜每月交四元的膳宿费，就是为了使我的营养好一点。因为祖母当家，实际是二姑妈做主，每月初一、十六、初八、二十三，才吃肉，而且祖母和三个叔父两个姑妈，加上母亲、弟弟和我，即使大碗大块肉，每人所得不多，何况只是小碗，薄薄的几片呢？二姑妈背后说母亲每月花四元是浪费，但钱是母亲的，二姑妈也无可奈何。

这年冬天我患过一次梦游病（家乡土语“活走尸”）。事情经过如下：我的本家叔叔娶亲，我去吃喜酒，随同大家闹新房，直到夜间十二点回家，第二天早上匆匆到植材上课。中饭后我在会计的房内藤椅上躺下，忽又起来低头出校而去，校中以为我有事，因而不问。但我自己，这一切都不知道，只是忽然到了我家门前，这才奇怪为什么又在家门前了。家里人知道是“活走尸”，讲了许多离奇古怪的老古话，例如“活走尸”倘在路上被人一碰就会倒地不起，就此死去；又如“活走尸”倘遇河道，也不知是河而跳下去，就此淹死等等。母亲却以为梦游是睡眠不足之故，从此不许我熬夜，睡觉时间限在晚上九点。

本篇最初与《中学时代》《北京大学预科第一类的三年》连载于一九八〇年九月十七日至十月十日《新晚报·人物志》的《我的学生时代》。

中学时代

一九〇九年冬季，我从植材学校毕业了，时年十三周岁。母亲准备让我进中学。那时中学只有府里有，也就是杭州、嘉兴、湖州、宁波、绍兴等地才有。杭州除了中学还有一所初级师范，有人劝我母亲让我考这个师范。师范学校当时有优越条件：不收食宿学费，一年还发两套制服，但毕业后必得当教员。母亲认为父亲遗嘱是要我和弟弟搞实业，当教员与此不符，因此没有让我去。杭州我母亲还嫌远，嘉兴最近，但最后决定让我去考湖州中学（其实湖州与杭州的远近一样），因为本镇有一个亲戚姓费的已在湖中读书，可以有照顾。这是我第一次离开乌镇，又是到百里之远的湖州，所以母亲特别不放心。我和姓费的同乘小火轮，费是我的长辈，该称他表叔。到了湖州中学，原想插三年级，但因算术题目完全答错了，只能插二年级。

湖州中学的校舍是爱山书院的旧址加建洋式教室。校后有高数丈的土阜，上有敞厅三间，名为爱山堂，据说与苏东坡有关。至于宿舍，是老式楼房，每房有铺位十来个。

湖州中学的校长沈谱琴，是同盟会的秘密会员、大地主，在湖州颇有名望。他家有家庭女教师汤国藜，是个有学问的老处女，是乌镇人，但我从未听人说起她，想来她是从小就在外地的。（辛亥革命后，章太炎的续弦夫人即是这位汤女士）。沈谱琴从不到校，他聘请的教员大都是有学问的人。我记忆中最难忘的是一个教本国地理的（可惜记不起他的姓名了）和一个教国文的，仿佛还记得他姓杨名笏斋。地理是一门枯燥无味的功课，但这位老师却能够形象地讲解重要的山山水水及其古迹——历史上有名的人物及古战场等等。同学们对此都很感兴趣。至于杨老师他教我们古诗十九首，《日出东南隅》，左太冲咏史和白居易的《慈乌夜啼》《道州民》《有木》八章。这比我在植材时所读的《易经》要有味得多，而且也容易懂。杨先生还从《庄子》内选若干篇教我们。他不把庄子作为先秦诸子的思想流派之一来看待。他还没这样的认识。他以《庄子》作为最好的古文来教我们的。他说，庄子的文章如龙在云中，有时见首，有时忽现全身，夭矫变化，不可猜度。《墨子》简直不知所云，大部分看不懂。《荀子》《韩非子》倒容易懂，但就文而论，都不及《庄子》。这是我第一次听说先秦时代有那样多的“子”。在植材时，我只知有《孟子》。

湖州中学的体育有“走天桥”“翻铁杠”等。我第一次练习“走天桥”时，体育老师告诉我：眼朝前看，不朝下看，就能在天桥上来回走，走天桥是容易的，不比翻铁杠。老同学示范走过以后，老师叫我走。我记着眼朝前看，轻易从天桥的此端走到彼端，待要往回走时，走到一半，不知怎的朝下一看，两腿就发软了，不敢再走了，只好骑在天桥上，挪动身子，慢慢地爬到了彼端。其实天桥离地面不过丈把高。

至于翻铁杠，我就无法翻。人家身子一跳，两手就抓住铁杠。我身矮，老师抱我上了杠，老师一松，我又落下来了。如此数次，惹得老同学们大笑，更不用说翻铁杠的能手了。从此我也不再学翻铁杠了。

至于枪操，都是真枪。老同学告诉我，这枪能装九颗子弹，打完再装也不过半分钟就装好，熟练后只要几秒钟。这是从外国买来的，同学们就称之为“洋九响”。真有子弹，而且很多，放在体操用具的储藏室。

我觉得体操不难，开步走、立正、稍息、枪上肩之类，我在植材时学过，但不是真枪，只是木棍。现在是真枪了，我身高还不及枪，上了刺刀以后，我就更显得矮了。枪不知有几斤重，我提枪上肩，就十分困难。枪上肩后，我就站不稳。教师喊开步走，我才挪动一步，肩上的枪不知怎的就下来了。我只好拖着枪走，真成了“曳兵而走”了。从此以后，体操这门课，我就免了。至于踢足球，我算是用尽力一踢，球只在地上滚了七八尺。因此，同学们赛球时，我只在旁欣赏。

每学期例有一次“远足”，我欣然参加了。第一次是到道场山，路不远，顶多三十里。我去时刚走不多路，便觉两腿上像挂了十多斤的铅条，就要在路旁休息。老同学知道我是第一次“远足”，便扶着我走，还扶着我跑，说练练就行了。如此挨到了目的地。也不知怎的，回来时我居然能走，不用人扶，不过总要掉队。

现在想来，湖州中学的体操实在是正式的军事操练，“远足”也是“急行军”的别名罢了。

后来事实证明，沈校长这样布置，是有深意的。

我在湖州中学的意外收获是学会了篆刻。这是我在二年级上学期时，四年级一个同学教我的。他的父亲会篆刻。他喜欢在父亲工作时站在旁边看，久而久之，就看会了。据这位同学说：篆刻也分派，以能创新为贵。也要多看前人和同时人的篆刻，以广见闻。他还说：“包世臣的《艺舟双楫》谈到篆刻。”他还教我如何剖开平常的石章；用两根不太粗也不太细的铜丝相绞，使两股成为一股，同一般的麻绳相似，然后用竹片把这铜丝作为弦，成为弓形就成了。解剖石章时就用这铜丝弦作为锯子，像木匠锯木板一样就能把石章剖开。

暑假到了，我回家后第一件事就是找东西来做一把刻字刀。我家的纸店有刻木头的刀，能在木头上凿刻文字或图画。但样子和那个同学所用的篆刻刀不同，我怕不能用。结果，从破阳伞上折取一小段伞骨，是扁形的，宽不到裁衣尺上的一分，长有三寸。把这钢片托纸店的学徒磨成锋利的刻字刀，果然跟同学的特制篆刻刀相近似了。

母亲把父亲遗留下的石章，任我支配。我不曾学写篆字，只好查《康熙字典》，依样画葫芦，用拓印法居然刻成第一个石章。所谓拓印法，也是那个同学教我的。其法如下：把字用浓墨写在薄的毛边纸或宣纸上，然后覆在石章上，用水使有字的纸润泽，再加覆干纸两三层，用指甲反复磨捺，然后尽去其纸，石章即有清晰的反面字。据那位同学说，老手不用拓印，就在石章上刻出反文，比用拓印法更流利而圆润。

一个暑假就在刻石章中消磨完了。又该上学了。刚到校，就看见校长的布告：愿去南京参观“南洋劝业会”者即报名，交费十元，五天后出发。我当时高兴极了，马上报了名，同时写信给母亲，信中说：我现在身边有十来元，那是母亲给的半年的零用钱（母亲给我每月三元五角零用），如果母亲不赞成我去参观“劝业会”，那就用零用钱抵账罢。

真没料到，正在出发的前夕，母亲从民信局寄来了信并大洋十元。信中还说：“你在南京看到喜欢的书，或其它东西，只要你手头的钱够，可以买下，日后我再寄钱。”

现在简略地说一说“南洋劝业会”的宗旨及创办经过。南洋（今称东南亚）各地华侨甚多，其拥有大资产者皆愿意为祖国之发展工业尽其力所能及。办“劝业会”就是为了招徕他们投资兴办工厂并传授管理工业的经验和技术。而且，“劝业会”陈列之物品多数为江南各省之特产，为南洋各地华侨所喜用，故亦有向南洋各地推销江南各省特产之作用。两江总督端方（满人）、江苏巡抚陈启泰奏请获准（其实参与其事者也有华侨大资本家），在江宁城内公园附近紫竹林一带购地七百亩，建造会场，经费由官商分担。筹备了两年，“劝业会”于一九一〇年六月五日（宣统二年四月二十八日）正式开幕。

校方包租了一艘大型小火轮，船上有官舱、房舱、统舱，又拖带两条大木船，载人也装行李，从湖州到南京，行程二日二夜，我们一行共二百多人，包括教师四人、工友二人。在船上住得很舒服。船到无锡，我们上岸换乘火车。拂晓到达南京下关车站，猛抬头看见斗大的“南洋劝业会”五个闪闪发光的字，走近了看，才知是许多小电灯泡连串做成的。我们由教师引导，先到浙江会馆，但会馆早已人满，临时找到一座大庙，大家打地铺，四位教师也不例外。

杨先生安顿了行李，就去访友，回来对我们说：“我们来迟了，但倒有好处。前几天只开放教育、工艺、器械、武备、卫生、农业等八个馆，可现在又加了江南制造局出品馆、安徽、山东、浙江、江西、四川、广东、湖北等馆，这些馆内除陈列各该省的特产外，也展出各地名胜古迹的模型。他们早来的只看到八个馆，以为仅此而已，就回去了，实在也不得不回去，因为人家等着你走，他才有住处。我们也只能在此三天半，所以迟到有迟到的好处，这正是老子说的祸福相依。”

此所谓三天半，三天是参观“劝业会”各馆，半天是自由活动，或访友，或购物。

当我们到浙江馆看见展出的绸缎、绍兴酒、金华火腿等特产，倒也等闲视之，可是听说绍兴酒得银奖牌，却大为惊喜。我们对四川、广东等各省展出的土特产，都很赞叹，这才知道我国地大物博，发展工业前途无限。

地理教员对各省的名胜古迹的模型最感兴趣，他不顾馆中闹哄哄的人丛，常常旁若无人似的对同学们谈这些名胜古迹的历史。

我们看展览的第二天，英文教员闹了个笑话，他在广东厅看见一老一中年两个华侨用英语在谈那引人注目的玻璃桌，他便挤上去也用英语交谈，不料被中年华侨说他发音不准确。此事，英文教师以为无人知道，但是“劝业会”招待外宾（驻上海的各国领事馆人员）的英文翻译听到了，就传了开来。

三天的时间一晃就过去了。我们有半天时间的自由活动。我同一些同学去看雨花石。沿雨花台一带路旁，有数不清的小摊，卖各色各样的雨花石。我想买一枚较好的（其实不过花纹好，有二三种颜色，质透明而已）孝敬母亲，问价钱，却贵得惊人。我只好花几毛钱买几枚最平凡的（一般放在水仙花盆内用的），奉献母亲做个纪念。

但在书坊里我买了一部《世说新语》倒花了一元几角。

在回湖州的旅途中，我把《世说新语》反复看了两遍。我这才知道历史上曾有这些隽永的小故事。

我们回到校内，方知学校已招了新生，其中有个姓张的，二十来岁了，在新生中年龄最大。插二年级的，有董大酉，不过十二三岁。

我们正准备上课，舍监出了布告：沈校长将于明日到校对全体同学讲话，明日上午七时全体同学应在操场集合。

这个布告引起了很大的哄动。大家都在猜，从不到校的沈校长为什么要对全体同学讲话，有什么要事。

次日七时，全校教职员和学生齐集操场。一会儿，沈校长和一位矮胖的老人来了。沈校长说自己做校长多年，对教育实在是外行。旋即郑重介绍那老人，大意如下：“这位钱念劬先生，是湖州的最有名望的人；钱先生曾在日本、俄国、法国、意大利、荷兰等国做外交官，通晓世界大势，学贯中西。现在钱先生回湖州来暂住，我以晚辈之礼恳请钱先生代理校长一个月，提出应兴应革的方略。”

然后舍监宣布散会，大家各回教室上课。

我们回教室不久，钱老先生来到课堂门外听了一会儿就走了。这一节课是杨先生讲的作文，他出了题目，略加解释，我们就构思，一点钟内得交卷。

这天晚上，全校就纷纷议论，说钱老先生听遍了各教师的讲课，有时还进课堂去指出：何者讲错了，何者讲的不详细。大部分教师都挨了批评，而对英文教师的批评是发音不准确。

也在这天晚上，英文教师鼓动全体教师罢教以示抗议，但是除了他本人外，只有杨先生因和他个人交情不浅，勉强附和，其余教员多半不赞成。

第二天，钱老先生来校后，听说有的教师罢教，就对学监说，叫学生照常上课，他找人来代课。

第三天，别的班级，我不知道，就我所在的班级说，来代英文课的也姓钱，我们猜他是钱老先生的儿子，私下里称之为小钱先生。他先教发音，从英文二十六个字母开始，在黑板上画了人体口腔的横剖面，发某音时，舌头在口腔内的位置。这真使大家感到十分新鲜。这位小钱先生又看了过去我们所作的造句练习，他认为英文教师只是发音不准确，造句练习该改的，他都改得不错，而且英文读本《泰西三十轶事》也是公认的一本好书。我觉得这位小钱先生态度公正，而是英文教师太要面子。

代国文课的老师也姓钱，年龄和代英文的老师不相上下，我们以为他俩全是钱老先生的儿子。后来，二年级的插班生董大酉告诉我们：代国文的单名一个夏字，是钱老先生的弟弟，比钱老先生小三十四五岁。代英文的名稻孙，是钱老先生的儿子。至于董大酉自己，学监说他是钱老先生的外甥。

轮到两星期一次的作文课了。钱老先生来到我们班上。他不出题目，只叫我们就自己喜欢做的事，或想做的事，或喜欢做怎样的人，写一篇作文。惯做史论或游记的同学们觉得这好像容易却又不然，因为茫无边际，从何处说起呢？

我听了钱老先生的话，也和同学们有同样的感想，后来忽然想起杨先生教过的《庄子·寓言》，就打算模仿它一下。我写了五六百字，算是完了，题名为《志在鸿鹄》。全文以四字句为多，有点像骈体。这篇作文的内容现在记不清楚了，大体是鸿鹄高飞，嘲笑下边的仰着脸看的猎人。这像寓言。但因我名德鸿，也可说是借鸿鹄自诉抱负。

第二天发下作文卷来，我的卷上有好多点，也有几个圈（钱老先生认为好的句子加点，更好的加圈，同学们的卷子也有连点都没有的），有几个字钱老先生认为不是古体，就勾出来，在旁边写个正确的。钱老先生还在我这篇作文的后边写一个批语：“是将来能为文者。”

钱老先生住在陆家花园。这是湖州人的艳称，正式名称是“潜园”，是江南有名的藏书家之一陆心源（即皕宋楼主人）的花园，现在书去人亡，钱老先生是借住。他邀请全校同学到他家里去游玩，我也去了。

游玩“潜园”是在钱老先生代理校长的第三个星期日。钱老先生一家及董大酋引导我们游园，又给我们看了许多欧洲国家的风景画册，彩色精印，附有外文说明。

我们在园内，看见一个穿黄色军衣的中年人。我们不知他是谁，钱老先生也没介绍。后来问董大酋，才知道这人是钱老先生请来编书的。他穿的不是军衣，是他自制的古怪的服装。

这年秋老虎特别凶，虽近重九，犹如盛夏。我们常在街上看见钱老先生身穿夏布长衫，手持粗蒲扇，稻孙高举洋伞在钱老先生身后，钱夏和钱老先生并排，但略靠后，董大酋则在钱老先生之前。他们一行安步当车，从容潇洒，我不禁想起《世说新语》的一段小故事：陈太丘诣荀朗陵贫俭无仆役。乃使元方（太丘长子）将车，季方持杖从后，长文尚小，载著车中。两者相比，岂不有些相似么？

一个月过去了，钱老先生不再代理校长，英文教员和杨先生？也照旧上课了。

钱夏先生代课时期，曾教我们以“南中向接好音，法遂遣使问讯吴大将军”开头的史可法《答清摄政王书》，以“桓公报九世之仇，况仇深于九世；胡虏无百年之运，朝运过于百年”为警句的《太平天国檄文》，也教过黄遵宪（公度）的“城头逢逢雷大鼓”为起句的《台湾行》，也教了以“亚东大陆有一士，自名任公其姓梁”为起句的梁启超的《横渡太平洋长歌》。那时，我们都觉得新鲜，现在杨先生又来上课了，我们都要求他也讲些新鲜的。杨先生说，钱先生所讲，虽只寥寥数篇，但都有扫除虏秽，再造河山的宗旨，不能有比它再新鲜的了。杨先生想了想，又说，幸而还有文天祥的《正气歌》，还可凑数。于是教了《正气歌》。

我对杨先生说：讲些和时事有关的文章，不知有没有？

杨先生忽然大笑，说：“钱先生教你们读史可法答摄政王书，真有意义。现在也是摄政王临朝。不过现在的摄政王比起史可法那时的摄政王有天壤之别。”

杨先生又说：“明末江南有个复社，继东林党之后抨击阉党和权贵。现在李莲英党羽，仍然嚣张，顽固大臣操持国政，形势与明末相近。复社首领张溥（天如）编选《汉魏六朝百三家集》，每集都作题辞。张溥号召‘兴复古学，务为有用’，他编选的《汉魏六朝百三家集》的题辞即有此用意。现在我选《汉魏六朝百三家集》教你们，也不算复古而是为今用罢。”

杨先生只讲解“题辞”。各集本文要我们自己去择优钻研。从《贾长沙集》的题辞，我们知有屈原、宋玉，知有《楚辞》。从《司马文园集》之题辞，我们知有《昭明文选》。从《陈思王集》及其他建安时代文人集的题辞，我们知有建安七子。杨先生并择建安七子的精粹诗文教了我们。杨先生在解释《潘黄门集》（潘安仁）的题辞后，又为我们讲解了《闲居赋》，还引元遗山的诗：“心画心声总失真，文章宁复见为人；高情千古闲居赋，争信安仁拜路尘。”

总之，单从题辞的讲解中，我们知有陆机、陆云两弟兄，知有嵇康、傅玄、鲍照（明远）、庾信（子山）、江淹（文通）、丘迟（希范）；因为丘是湖州人，杨先生特别感兴趣。

然而百三家的题辞究竟太多，不可能全讲，杨先生只能选择他自己喜欢的给我们解释。这些题辞都是骈体，杨先生于是教我们学作骈体文。他说："书不读秦汉以下，文章以骈体为正宗。"

现在我还记得当时用骈体写的一篇题目叫《记梦》的作文。大意是：暑假回家，刚下轮船就看见外祖母家的阿秀接我来了。我知道母亲带了弟弟在外祖母家歇夏，就快步跑去。进了大门，在院子里看见外祖母端坐堂上吩咐厨娘，晚餐该做什么菜，什么汤。宝姨站在外祖母身旁，给外祖母打扇。我等外祖母吩咐完了，然后上堂向外祖母和宝姨行礼。外祖母很高兴，说：我算着你该来，果然来了，满头大汗，快去洗脸罢。宝姨就拉我到东边的厢房去，那是她的书房，她叫我用她的面巾洗了脸，就拉我到窗前说：你看，这是什么？我抬头看时，墙上原来挂着沈南藤花鸟的三尺小立轴旁边，多了一副对联，珊瑚晕洒金夹贡，行书，上联是"万事福兮祸所伏"，下联是"百年力与命相持"。宝姨说，要考考你，这上下联的出处。我说，上联出老子《道德经》，下联出列子《力命篇》。宝姨笑着点头，又问：这"命"字易解，这"力"字究竟指什么？我一时回答不来，就说：问妈妈去。宝姨笑道，姐姐在楼上给你弟弟解释左太冲咏史诗、阮嗣宗咏怀诗，白居易的《有木》诗呢。这时，外祖母在堂上叫：来吃西瓜。宝姨应一声拉我便走，我在门槛上绊了一下，就跌醒了。这篇作文最后四句记得是："檐头鹊噪，远寺晨钟。同室学友，鼾声方浓。"全文约有五百多字。杨先生的批语大意是构思新颖，文字不俗。

杨先生对《陶彭泽集》的题辞，特别赞美。杨先生说，向来皮相之夫只把陶渊明看成隐士、高士，而张溥则引颜清臣（真卿，唐朝人）“张良思报韩，龚胜耻事新”，又引吴幼清（澄，元朝人）“元亮述酒；荆轲等作，要为汉相孔明而无其资”，均认为是知陶者。题辞中“感士类子长之倜傥，闲情等宋玉之好色，告子似康成之诫书，自祭若右军之誓墓，孝赞补经，传记近史，陶文雅兼众体，岂独以诗绝哉。真西山（真德秀，字景元，宋人）云：‘渊明之作，宜自为一篇，附诗三百篇楚辞之后，为诗根本准则。’是最得之。莫谓宋人无知诗者也。”杨先生认为张溥集前人之最知陶者于题辞中，是真有眼力的。

寒假到了，我回家，问母亲，我家有没有《昭明文选》。母亲说，不知道。我到曾祖父逝世前居住的三间平屋中，在杂乱的书堆中找到了。这年冬天，我就专读《文选》，好在它有李善的注解，不难懂。读《文选》后，我才知道杨先生教我们的古诗十九首，左太冲咏史，《文选》上亦有之。

寒假中我与四叔祖吉甫的儿子凯崧（我叫他凯叔）谈起各自学校的情况。凯叔在嘉兴府中学读书，说嘉兴中学的英文教员是在梵皇渡毕业的。（上海圣约翰大学是美国人办的极其贵族化的学校，学生英语之好是著名的。因其校址在梵皇渡，一般称梵皇渡。）我想，一定比湖州中学的英文教师强得多了。凯叔又说嘉兴中学教员与学生平等，师生宛如朋友。但湖州中学的舍监却很专横。因此，我就有了转学到嘉兴中学的念头，但没有对母亲说。

寒假过去了，我仍到湖州中学，一切如常。杨先生仍然选教《汉魏六朝百三家集》的题辞。但他也学钱念劬老先生批作文卷的方法，不改学生的作文，只用点或圈表示好坏，和改正卷子上的错字。

这时，发生了一件事。上文讲过的姓张的新生，现在是二年级上学期学生了，同学们说他是个半雌雄，理由是嗓门尖，像女人，而且天气酷热的时候，他还是不脱衣服。然而这姓张的同学身材高大，翻铁杠比一般同学都强，力大，疑他是半雌雄的高年级学生（也是二十多岁）想挑逗他，却被他痛打。可是这姓张的同学却喜欢和年龄比他小的同学玩耍，而我也是其中的一个。这引起一些调皮的同学盯着我说些不堪入耳的话。这使我很气恼，也不能专心于功课了。

由于这，也由于凯叔讲过嘉兴中学的各种好处，我在读完三年级上学期后决心转入嘉兴中学。

我回家后把要转学到嘉兴中学的事，告诉母亲。母亲请凯叔来详细询问，知道嘉兴中学的数学教员学问好，教法特别好，而且数学课好的学生在课外时间能自动来帮助数学课比较差的同学。母亲念念不忘父亲的遗嘱，总想我将来能入理工科。又听凯叔说，转学不难，只要把湖州中学的成绩单给嘉兴中学的学监看了，就可插入嘉兴中学的三年级下学期。为此种种，母亲就同意我转学。而且，母亲还想到湖州中学虽有费表叔，却从来得不到他的照顾，凯叔到底是亲叔叔，一定能好好照顾我。于是在一九一一年秋季始业时我转入嘉兴中学。

凯叔早已告诉我：嘉兴中学的“革命党”（指孙中山领导的同盟会）很多。校长方青箱是革命党，教员大部分也是革命党。学生剪辫的很多，凯叔自己也已剪去。

我到嘉兴中学以后，果然看到很多光头。校长方青箱装上一条假辫，据说因为他常要去见官府，不得不装假辫。至于师生之间“平等民主”（老同学这样说），也是嘉兴中学的“校风”。教员常到我们的自修室，谈天说笑，或帮助我们备课。嘉兴中学的数学程度特别高，比湖州中学高了一年多，因此我更感困难。但是，几何教师计仰先鼓励我说，数学并不难学，只怕中间脱了一段。他知道我是脱了一段的，我在湖州中学时没有学几何，而嘉兴中学却已教了一年多（二年级就有几何，而我是三年级的学生），计先生特地嘱咐同班中的“数学大家”帮我补课。

但是那个英文教员（上海圣约翰大学出来的）却使我失望。原来此人是半个洋人，中文不过小学程度，他把辎重读成脑重，用的课本是文法读本合一的，据说是圣约翰大学一年级用的，但是这位教师对读本中的许多字，却不知在汉语是什么，反要我们查字典帮助他。

国文教师有四：朱希祖、马裕藻、朱蓬仙、朱仲璋。最后这位朱老师是举人，是卢鉴泉表叔的同年，我确知他不是革命党，其他三位都是革命党。但他们教的是古书。朱希祖教《周官考工记》和《阮元车制考》，这可说专门到冷僻的程度。马老师教《春秋左氏传》。只有朱蓬仙教“修身”，自编讲义，通篇是集句，最爱用《颜氏家训》，似乎寓有深意。总而言之，这些革命老师是真人不露相；教国文的尚且如此，教几何、代数、物理、化学等等老师自然更不用说了。教体育的老师干脆剃个和尚头。他的后脑有隆起的一块，喜欢说笑话的代数教员常常当众摸着体操教员这异相而称之为“反骨”，体操教员似乎很自负有此反骨，一点不安的表情也没有。这是唯一的真人露相。

中秋晚上，三年级和别级的同学买了月饼、水果、酱鸡、熏鱼，还有酒，请三位老师来共同赏月。教几何的计老师病了，教代数的老师适值新婚后过第一个中秋，自然要在家陪师母赏月，只有这位有反骨的体操老师来了。那晚大家都很痛快，谈得痛快，吃喝得痛快。体操老师似乎多喝了酒，公然当着许多同学，拍拍自己的反骨，哈哈大笑道："快了！快了！"

嘉兴府出过不少革命党。那时在嘉兴城里住的，似乎有范古农，只有绝少几个年纪大的老同学知道老师们有时到范府"听讲佛经"。我想，革命党如何信佛？他们大概是在范府上会见外地来的革命党，互通消息，讨论起义的时期和方案，而以"听讲佛经"为掩护罢。

终于，武昌起义的消息，由偶然到东门火车站买东西的一个四年级同学带回来了，立刻轰动全校。那天晚上，代数教员又到我们的宿舍闲谈，就有几位同学问他关于"武昌起义"的下文。他的回答也没有什么出奇之处。后来临走时他指着自修室里的几位未剪辫的同学，包括我在内，用了证方程式的口吻说："这几根辫子，今年不要再过年了。"给大家一次兴奋的，是第二天午饭后计仰先的"闲谈"。他一进自修室，就对装假辫的同学说：假辫子用不着了。接着他兴奋地谈了各地的消息，因说话太急，有点气喘，脸也涨红了。

当天下午就有几个同学请假出去，到东门车站去买上海报。这是等候上海开来的火车到站后，上车去和旅客情商，买他们手中的上海报。偶尔逢到有人下车来，那就几个同学围着他抢买。

但是第二天，全校的光头忽然都装上了假辫。据说是有一位走读的同学，光头上街，大受路人注目，说他是上海来的革命党，所以全校的光头不得不临时戒严。

接连几天，时局没有发展，也照常上课。但计仰先请了假，由代数教员代课。也仍然有同学到东门火车站去买上海报，但更难买到了。记得有一天，大概是星期六下午，只我一人在自修室，忽然体操教员来了，看见人少，似乎很扫兴，迟疑片刻以后，就叫我和他一同到东门去走走。我不知道上海来车何时到站，体操教员似乎也不知道，到了车站，上海来的火车刚刚过去，自然买不到上海报。体操教员很扫兴，就同我到车站附近一家小酒店吃酒，自然是他请客。我一滴酒也不能喝，除了吃菜，就教他吃螃蟹的方法。他打起台州腔，说了不少话，可是我大都不甚了了，只分明记得有一句："这次，革命党总不会打败仗了罢？"他说这话时，神情是那么正经。

以后是学校里的空气紧张起来了，不为别的，而是为了领不到经费了。提前放假的呼声也提出来了，而上海光复的消息促成了提前放假的实现。离校回家的早晨，我听得同学们传说，光复上海的志士们中间有我们的几何教师计仰先。并且听说杭州也光复了，这也有计仰先在内。我到家时的第一句话是：杭州光复了！

此时乌镇的驻防同知是个旗人，因而大家怕要流血。但商会筹得一笔款子送给那旗人，他也就悄悄地走了。商会又办了商团以防土匪，商团的枪支是驻防同知留下的。

以后学校来信通知开学了。我到校时，才知道几位老革命党其中有计仰先和三位国文教员（朱仲璋不在内）都另有高就。校长方青箱任嘉兴军政分司，更忙，校务由一位新来的学监陈凤章负责。这位学监说要整顿校风，巡视各自修室，自修时间不许学生往来和谈天。我们觉得"革命虽已成功"，而我们却失去了以前曾经有过的自由。我们当然不服，就和学监捣乱，学监就挂牌子，把捣乱的学生记过，我是其中之一。大考完了以后，我、凯叔和一些同学，游了南湖，在烟雨楼中喝了酒，回校后就找学监质问：凭什么记我们的过？还打碎了布告牌。我不曾喝酒，也不曾打布告牌，然而我在大考时曾把一只死老鼠送给那位学监，并且在封套上题了几句《庄子》。

我回家后约半个月，学校里寄来了通知，给我以“除名”的处分，但还算客气，把我的大考成绩单也寄来了。这个通知，是母亲先看到的，她十分生气，问我在学校做了什么坏事。我说，没有。母亲不信，派人请凯叔来。不料凯叔来到，不等母亲开口，便取出一张通知给母亲看。母亲一看，是同样的除名通知。于是凯叔把事情经过详细说了一遍。母亲听说是反对学监的专制而被除名，就不生气了。只问我，今后到何处去读书。我不想回湖州中学，一时无话可答。母亲说：“到何处去，一时不忙，只是年份上不能吃亏，你得考上四年级下学期的插班生。”

后来，凯叔转学到湖州中学去了。

湖州光复，却全仗湖州中学的学生军。沈谱琴也担任湖州军政分司。这是费表叔从湖州回来后说的。

我经过反复考虑，决定到杭州去。我并没一定的目标，但知道杭州有二三个中学（包括一个教会办的）。母亲却怕我一人出远门，许多事不熟习，首先是住在什么地方。我家纸店的经理听说我要到杭州去投考学校，就说，杭州一家纸行，和我家纸店每年有二三千大洋的交易，纸行的收账员一年两度来乌镇收账，彼此极熟。他写封信给这收账员，包管可住在纸行。

母亲觉得可靠，就让我一人去了。此时是阴历十一月，正冷，母亲叫我穿了羊皮袍去。我到了杭州，找到了那纸行，拿出介绍信，一个五十来岁穿猫皮袍子的人自说他就是常到乌镇收账的人，而且仿佛还见过我。这个纸行规模不小，有客房，收账员引我进一间房，说，你们店的经理来看货样，就住在这间房。

住定以后，我找报纸来看，才知道只有私立安定中学招考插班生。第二天上午纸店派一个学徒送我到葵巷的安定中学。出我意外，要插四年级下学期的，只有我一人。考试很简单，只考国文、英文。我怕纸行的学徒等得不耐烦，匆匆忙忙完卷，留下住址，就回纸行。这时我考虑，是在纸行等候考试结果呢，还是先回家去。纸行老板此时也知道我是乌镇泰兴昌纸店的小老板，便留我多住几天，派那个收账员陪我游了西湖，还在楼外楼吃了饭，这都是纸行老板请客。据纸行老板说，私立安定中学的校长姓胡，是个大商人，住宅有花园，花园里有四座楼，每座楼住一个姨太太。他办这安定中学是要洗一洗被人呼为铜臭的耻辱。隔了一天，安定中学通知，我已被录取。这时我自然高兴，但归心如箭，急要把这好消息告诉母亲。

到家后，母亲就打点我到杭州求学该带什么东西，我却专心读《昭明文选》。以后每逢寒假暑假回家，我就读《昭明文选》，从头到尾，大概读了两遍，恐怕还不止。

寒假已完，我到安定中学。当时不像现在那样，甚至也不像北洋军阀时代那样，公立学校没有通用的固定课本，教师爱教什么就教什么，私立学校更不受约束。私立安定中学的校长想与杭州中学比赛（按：杭、嘉、湖三府的中学，后皆改称浙江省立第一中学校、浙江省立第二中学校、浙江省立第三中学校，其他各府中学也都照改，始于何年，我记不清了），凡是杭州的好教员都千方设法聘请来。当时被称为浙江才子的张相（献之）就兼教三校（安定、一中，另一教会办的中学）的国文课，另一个姓杨的，则兼两校（安定而外，也在教会办的中学教国文）。张献之老师教我们作诗、填词，但学作对子是作诗、词的基本功夫，所以他先教我们作对子。他常常写了上联，叫同学们做下联，做后，他当场就改。

张先生说，昆明大观楼的长联，恐怕是最长的了。他在黑板上写此长联共一百八十字：

五百里滇池，奔来眼底。披襟岸帻，喜茫茫空阔无边。看：东骧神骏，西翥灵仪，北走蜿蜒，南翔缟素；高人韵士，何妨选胜登临，趁蟹屿螺州，梳裹就风鬟雾鬓；更苹天苇地，点缀些翠羽丹霞；莫孤负四围香稻，万顷晴沙，九夏芙蓉，三春杨柳。

数千年往事，注到心头。把酒凌虚，叹滚滚英雄谁在。想：汉习楼船，唐标铁柱，宋挥玉斧，元跨革囊；伟烈丰功，费尽移山心力，尽珠帘画栋，卷不及暮雨朝云；便断碣残碑，都付与苍烟落照；只赢得几杵疏钟，半江渔火，两行秋雁，一枕清霜。

张先生并将长联逐句作了解释。然后叫大家就西湖风光也来做一对长联。大家乱凑一阵，始知求长不难，难在一气呵成，天衣无缝。

张先生曾就西湖的楼台馆阁所挂的对联表示他的意见。他认为“翠翠红红处处莺莺燕燕，风风雨雨年年暮暮朝朝”这对联虽见作者巧思，但挂在西湖可以，挂在别处也可以；只要风景好的南方庭院，都可以挂，这是此联的弱点。西湖上的苏小小坟，只是一个小小的土馒头。覆盖此坟者，是一个小的石亭，有八根石柱，上面刻满各种对联。这些对联都不曾署名，都是赞美苏小小的。（按：苏小小是南齐时一个侠妓。又嘉兴县前有苏小小坟，云是晋妓，不知是一人或二人也。）张献之老师则独称许一个短联：“湖山此地曾埋玉，风月其人可铸金”。并解释道：湖山对风月，妙在湖山是实，风月是虚，元曲中以风月指妓女者甚多，风月即暗指墓中曾为妓。地对人，亦妙，天地人谓之三才。铸金，杂书谓越王勾践灭吴后，文种被杀，范蠡泛五湖去，勾践乃铸金为范像，置于座右。铜，古亦称金，不是今天所说的金。说苏小小可铸金，推重已极。张先生还就本地风光说：南宋称杭州为临安，以为首都，于是他在黑板上写一首七律，以作怀古诗的示范。这首诗，我记不清是张先生自作的呢，或是前人所作，但诗的前六句（律诗八句）我至今还记得：“大树无枝向北风，十年遗恨泣英雄；班师诏已来三殿，射虏书犹说两宫；每忆上方谁请剑，空嗟高庙自藏弓。”

张先生说“上方谁请剑”是倒句，意即谁请上方剑，诗词中此种倒句甚多。上方对高庙以物对人甚妙。高庙即南宋的第一个皇帝高宗。这首诗对高宗有讥讽之意。

张先生经常或以前人或以自己所作诗词示范，偶尔也让我们试作，他则修改。但我们那时主要还是练习作诗词的基本功：作对子。张先生即以此代其他学校必有的作文课。

张献之先生后来曾任中华书局编辑，他的著作，今尚印行者为《诗词曲语辞汇释》，这是一部工具书。

另一个国文教员姓杨，他的教法也使我始而惊异，终于很感兴趣。他讲中国文学发展变迁的历史。他从诗经、楚辞、汉赋、六朝骈文、唐诗、宋词、元杂剧、明前后七子的复古运动、明传奇（昆曲），直到桐城派以及晚清的江西诗派之盛行。他讲时在黑板上只写了人名、书名，他每日讲一段，叫同学们做笔记，然后他看同学们的笔记，错了给改正，记得不全的给补充。这就是杨老师的作文课。我最初是在他讲时同时做笔记，后来觉得我的笔无论如何赶不上杨先生的嘴，尽管他说得很慢。于是我改变方法，只记下黑板上的人名、书名，而杨先生口说的，则靠一时强记，下课后再默写出来。果然我能够把杨先生讲的记下十之八九。

除了张献之老师和杨老师，安定中学的历史、地理教员都不错，教数学的不及嘉兴中学，教物理、化学的都是日本留学生。

一年半的时间很快过去了。一九一三年夏，我在杭州私立安定中学毕业了。

本篇最初与《小学时代》《北京大学预科第一类的三年》连载于一九八〇年九月十七日至十月十日《新晚报·人物志》的《我的学生时代》。

思路拓展

茅盾先生小学和中学时代的哪些经历最让你印象深刻呢？请在文中作出标记，并想一想对我们今后的学习和写作有哪些启示，可以将你的收获批注在空白处。

北京大学预科第一类的三年

中学毕业后，摆在我面前的就是以后的求学问题。母亲早有个计划。外祖母给她的一千两（大约等于当时的银币一千五百元），存在本镇的钱庄上，至此时连本带息共约七千元之数。母亲把七千元分作两股，我和弟弟泽民各得其半，即三千五百元。因此，她认为我还可以再读书三年。中学毕业，当然要考大学。母亲本订阅上海《申报》，《申报》广告栏上登有上海及南京的大学或高等学校招生的广告，也登着北京大学在上海招考预科一年级新生的广告。[①]母亲因为卢表叔此时在北京财政部工作，我若到北京，卢表叔会照顾我，因此，她就决定我去北京大学求学。七月下旬我到上海，住在堂房祖父开的山货行中（他是曾祖父八个兄弟中最小一个兄弟的儿子）。这时我才知道北京大学预科分第一类和第二类。第一类将来进本科的文、法、商三科，第二类将来进本科的理工科。报第一类的，只考国文与英文。我自知数学不行，就选择了第一类。

考试分两天，都在上午。第一个上午考国文，不是作一篇论文而是回答几个问题。这些问题是中国的文学、学术的源流和发展。第二个上半天考英文，考题是造句、填空（即一句英语，中空数字，看你填的字是否合格，合格了也还有用字更恰当与更优美之别）、改错（即一句中故意有错字，看你是否能改正，或改得更好）、中译英、英译中。最后还有简单的口试。

考试完毕，堂房叔祖（可惜我记不起他的名字，只记得是个跛脚）留我多住一二天，派山货行的学徒陪我游了上海邑。此时上海电力公司供电不足，电灯用户极少，堂叔祖的山货行用的是煤气灯。

我回家后，天天留心看《申报》。因为被录取者将在《申报》广告栏刊登姓名。等了约一个月，果然刊登出来了，却是沈德鸣，家里猜想鸿鸣字形相近，故而错了。幸而不久，学校来了通知，这才知道我考上了北京大学预科第一类。

这是一九一三年夏。北京大学由京师大学改名为北京大学后第一次招收预科生，而且第一次到上海来招生，这对于长江以南各省中学毕业生想考北京大学者，是一大方便。

这年我虚岁十八，实岁十七。

四叔祖吉甫（即凯叔之父）在上海一大商人那里做家庭教师，实际上却代这大商人写同行中来往的信件，尤其是这个大商人巴结官府的禀帖。

四叔祖在上海遇到一家姓谢的，叙述家世，原来这姓谢的父亲也和曾祖父同在梧州做官，因而彼此间凭此世谊，往来亲密。四叔祖知道谢家一个儿子名唤砚谷的，也考取了北京大学预科，就约他和我同乘轮船到天津再转乘火车到北京。谢家十分愿意。四叔祖就写信通知母亲。母亲正愁我路上少伴，得信后十分高兴，并函四叔祖约定于七月中旬动身。

我届时到了上海，也住在四叔祖那里，等待谢砚谷。那个大商人知道我是去北京求学的，对我很客气，派人陪我到处玩玩。上次来考预科时，我曾住在堂房叔祖的山货行里，这次我又来了，理应拜见他老人家。

这样，热闹地过了二三天，然后同谢砚谷乘轮北上。在这两三天内，我跑遍了上海各书坊，无意中买到一部石印的《汉魏六朝百三家集》。

在三日三夜的海程中，我与谢砚谷相处极熟。谢比我大二三岁，人情世故相当熟练。他见我经常翻阅那部百三家集而感到诧异，我也为他朗诵的吴梅村的《圆圆曲》和樊樊山的《前彩云曲》与《后彩云曲》而感到同样的惊异。“书不读秦汉以下”是我的教条，自然不知明末的吴梅村与晚清的樊樊山。我与谢砚谷恰好走了个反面。他是未尝读秦汉以上的书，我是未尝读元、明以后的书。这三日三夜的海程，成就了我和谢互相补课的机会，至少在我这方面是这样的。

我知道谢的姐夫在天津做官，谢也知道我有亲戚在天津海关工作，届时双方都会到码头接待我们。

船到天津码头时已是暮霭迷蒙，果然双方都来人了。我和那个亲戚从没见过面，是祖父写信告诉他的。现在却由谢砚谷把我介绍给我的亲戚，彼此不免大笑。谢的姐夫说，开学日期还有四五天，不如在天津玩一两天再进京罢。

于是我住在亲戚家里，谢住在姐夫家里。第二天上午，我与亲戚到谢的姐夫家里闲谈。谢的姐夫问我：“听说你有个表叔在财政部，是佥事呢，还是司长？”我答，不大明白。我的亲戚说，出去玩玩罢。但天津没有可供游玩的公园之类。路过一丛洋楼，谢的姐夫说，这是南开大学。中午到了，我的亲戚提议上馆子。谢的姐夫说有个馆子价廉物美，他常去，招待周到。我是一点酒都不能喝的，他们三人既醉且饱，我的亲戚同谢的姐夫争付酒饭钱，结果，二人平分。此时已近黄昏，我的亲戚提议听戏。我从没上过戏园，而且奇怪为什么在夜间演戏。谢的姐夫说，此间有日戏，也有夜戏，名角儿是在黄昏后上台的。于是进了一个戏园，只见舞台前摆着二三十条狭而长的木板凳，已有人坐在那里，却是斜欠着身子，把耳朵对着舞台。后来知道南方人叫“看戏”，而北方人叫“听戏”，所以耳朵对着舞台。我们一行四人，也拣空位坐定。此时戏园中人声嘈杂，我的亲戚和谢的姐夫也在议论今晚的戏目，台上正演武打戏，锣鼓喧天，可是我竟坐在这窄条凳上睡着了。

第二天我和谢砚谷进京，火车在崇文门车站停下，卢桂芳（他是卢表叔的儿子，那时在北京读中学，他比我小几岁，大名树森，表字奉璋）带了两个男当差正等着呢。

卢表叔早知道我和谢砚谷做伴来京，料想行李必多，所以派了两个男当差。

桂芳表弟送我和谢砚谷到译学馆，这是两层楼的洋房，是预科新生的宿舍。课堂是新建的，大概有五六座，却是洋式的平房，离宿舍不远。我问桂芳表弟，才知卢表叔任公债司司长，极忙。

谢砚谷上课二星期，他的姐夫通知他：南开大学也招新生。谢砚谷又去考了南开，也被录取，从此我和他就分别了。

当时北大预科第一类新生约二百多人，分四个课堂上课。每个课堂约有座位四十至五十。至于宿舍（译学馆），楼上楼下各两大间，每间约有床位十来个。学生都用蚊帐和书架把自己所居围成一个小房间。楼的四角，是形成小房间的最好地位，我到时已被人抢先占去了。现在记得，一个是毛子水，浙江江山人，另一个是胡哲谋，浙江宁波人，后来上课时才知道他是我的同班生而且同年。胡哲谋有个叔父在大学本科教数学，他希望胡哲谋也像他自己那样，成为数学家。但胡哲谋喜欢文科，他的叔父为此不悦，有“让他试一年再说”的话，这是胡哲谋自己告诉我的。

在沙滩，另有新造的简便宿舍，二三十排平房，纸糊顶篷，两人一间，甚小，除了两人相对的床位、书桌、书架之外，中间只容一人可过。取暖是靠煤球小炉，要自己生火；而译学馆宿舍则是装烟筒的洋式煤炉，有斋夫（校役）生火。

当时北京大学的校长是理科院长胡仁源（湖州人，留美）代理，预科主任是沈步洲（武进人，亦是留美的）。教授以洋人为多。中国教授陈汉章教本国历史，一个扬州人教本国地理，沈尹默教国文，沈坚士（尹默之弟）教文字学，课本是许慎《说文》。陈汉章是晚清经学大师俞曲园的弟子，是章太炎的同学。陈汉章早就有名，京师大学（北大前身）时代聘请他为教授，但他因为当时京师大学的章程有毕业后钦赐翰林一条，他宁愿做学生，颇望得个翰林。但他这愿望被辛亥革命打破了，改为北大以后仍请他当教授。他教本国历史，自编讲义，从先秦诸子讲起，把外国的声、光、化、电之学，考证为我先秦诸子书中早已有之，而先秦诸子中引用“墨子”较多。我觉得这是牵强附会，曾于某次下课时说了“发思古之幽情，扬大汉之天声”。陈汉章听到了，晚间他派人到译学馆宿舍找我到他家中谈话。他当时的一席话大意如下：他这样做，意在打破现今普遍全国的崇拜西洋妄自菲薄的颓风。他说代理校长胡仁源即是这样的人物。记得有一次，本科有个学生问及“经今古文”之争该如何看待，他作了回答，并发给我们参考。这是一篇骈文，每句都有他自己作的注解。全文记不清楚了，大意是：他推重郑康成，主张经古文派和今文派不宜坚持家法，对古文派和今文派的学说，应择善而从。他对康有为的《新学伪经考》很不满意，说刘歆（本名秀，后汉时为避光武帝讳而改的）怎能编造春秋左氏传如此其完整，全书没有破绽。（按：康有为是今文派，他的《大同书》是根据何休《公羊传》的学说而加以推演的。）

教本国地理的教授是扬州人，他也自编讲义。他按照大清一统志，有时还参考各省、府、县的地方志，乃至《水经注》，可谓用力甚劬，然而不切实用。

沈尹默教国文，没有讲义，他说，他只指示研究学术的门径，如何博览，在我们自己。他教我们读庄子的《天下》篇，荀子的《非十二子》篇，韩非子的《显学》篇。他说先秦诸子各家学说的概况及其互相攻讦之大要，读了这三篇就够了。他要我们课外精读这些子书。他又说《列子》是伪书，其中还有晋人的伪作，但《杨朱》篇却保存了早已失传的“杨朱为我”的学说。

至于文学方面，沈老师教我们读魏文帝《典论论文》、陆机《文赋》、刘勰（彦和）《文心雕龙》，乃至近人章实斋的《文史通义》；也教我们看看刘知几《史通》。

清朝末年，江西诗派盛行，江西诗派的始祖是黄山谷，沈老师抄示黄山谷的《池口风雨留三日》，诗是七律，其辞如下：“孤城三日风吹雨，小市人家只菜蔬。水远山长双属玉，人闲心苦一舂锄。翁从旁舍来收网，我适临渊不羡鱼。俛仰之间已陈迹，暮窗归了读残书。”他又说，山谷自言，欲仿庄周，分其诗文为内外篇，《池口风雨留三日》见外集。沈老师说他自己也喜欢黄山谷的诗，但他不是江西诗派。他还把他作的诗抄给我们看，可惜我现在一首也记不起来了。

同学中有问沈老师是不是章太炎的弟子？回答：不是，但又说沈坚士曾从太炎先生受“小学”要旨。同学中又有人问：听说太炎先生研究过佛家思想，是不是真的？回答是真的。沈老师又说，你们想懂得一点佛家思想，不妨看看《弘明集》和《广弘明集》，然后看《大乘起信论》。我那时好奇心很强，曾读过这三本书，结果是似懂非懂，现在呢，早已抛在九霄云外，仅记其书名而已。

至于外国文学，当时预科第一类读的是英国的历史小说家司各特的《艾凡赫》和狄福的《鲁宾逊漂流记》，两个外籍老师各教一本。教《艾凡赫》的外籍老师试用他所学来的北京话，弄得大家都莫名其妙，请他还是用英语解释，我们倒容易听懂。

预科第一类规定第二外国语（英文是第一外国语）是法文或德文，我选择了法文。教法文的人不懂英语，照着课本从字母到单字，他念，我们跟着学。幸而那课本是法国小学用的，单字附图，我们赖此知道该字是指什么东西。听说这法国人是退伍的兵，是法国驻京使馆硬荐给预科主任沈步洲的。

教世界史的（实际是欧洲史），是个英国人，用的课本是迈尔的《世界通史》，分上古、中古、近代三部分，上古从古埃及、两河流域的文化，然后希腊、罗马。此书附有插图（大概这是当时比较好的欧洲史，后来有人译为中文出版，即名《迈尔通史》）。

预科第一年上学期的学习情况，略如上述。到下学期，有了较大的变动。《艾凡赫》与《鲁宾逊漂流记》都由中国人来教了。法文老师换了人，是波兰籍，他教法文和德文，用英文解释，但因其也教预科第一类学生之选学德文者，在我们班教法文时，有时忽然讲起德语来。他也教预科最后一年的拉丁文。

但是最使我高兴的，是新来的美籍教师，据说是美国的什么师范大学毕业的，年纪不过三十岁。他的教学方法好。他教我们莎士比亚的戏曲，先教了《麦克白》，后又教了《威尼斯商人》和《哈姆莱特》等等，一学期以后，他就要我们作英文的论文。他不按照一般的英文法先得学写叙述、描写、辩论等的死板规定，而出个题目，让我们自由发挥，第二天交卷。我的同班同学中，一位姓徐的，单名佐（富阳人），英文程度较差；因与我友好，请我代作。我先给他作了，然后作自己的。但是出手虽快，却常有小的错误。胡哲谋是我们班中写得最好的。老师常常表扬他。

母亲早有信来，寒假不必回家。平时，每逢星期日，我即到卢表叔公馆去。卢表叔知我寒假不回家，便邀我到他家去住。但我还是婉辞。因为宿舍里江、浙两省的同学大多数都不回家，宿舍照常生火。我只向卢表叔借他的竹简斋本二十四史的《史记》。卢表叔欣然借给我，并说，如有不懂之处，不妨问他。从此每逢寒假，我就借卢表叔的二十四史来读，在二十四史中，辽、金、元、宋、明等史，我都不感兴趣。寒假是一个月又半，三年是四个月又半，当时除前四史是精读，其余各史不过浏览一遍而已，有些部分，如关于天文、河渠等太专门了，我那时也不感兴趣，就略过了。卢表叔说，二十四史是中国的百科全书，我当时是相信此说的。

平凡而又繁忙的学习生活，使人觉得日子过得真快。转眼间又四月花开，喜气洋洋。京中盛传日本帝国提出苛刻的意在置中国于被保护国地位的二十一条。同时又盛传总统（袁世凯）不惜背城一战。又传列强对中国的政策向来是：门户开放，利益均沾。日本帝国想独吞中国这块肥肉，列强势必出面干涉。而各种谣传之中，尤以袁世凯不惜背城一战为甚嚣尘上。胡哲谋对我说，他的叔父因为跛足，走路靠单拐，行动不便，即日就带他到天津去了。我问，到天津住哪里？他说，暂住租界的旅馆。胡哲谋又说："听说你有个亲戚在天津海关上当差，何不去投奔他？"

我这时也有点心神不定，眼看胡哲谋收拾行李走了，我想，何不到卢公馆打听一下。我到卢公馆时已近黄昏，卢表叔刚刚从财政部下班回家，看见我就问："你也听到那些谣传么？"我就问：中日有无交战之可能？卢表叔笑了笑说："可惜总统年老，不是当年小站练兵的时候了。"

我这时恍然大悟，袁世凯用的是"将要与之，必先取之"的方法，故意使其亲信散布"不惜背城一战"的"民"意如此，他只得委曲求全了。

我回到宿舍，却见毛子水不曾走，照常读《段注许氏说文解字》。胡哲谋的书桌上却留着一些撕破的纸片。我取来拼好一看，大意如下：他打算读完预科第一类之后，转入预科第二类，理、数方面趁暑假在家补课，他的叔父即可教他。在大学本科攻习数学，先完成叔父对他的期望，然后再转大学文科，完成自己的愿望。此后可在本国各大学兼教文、理两类功课，到五十岁退休，出洋游历考察，预计二年至三年。六十岁将研究哲学，然后著书立说，成一家言。

我当时想：不料阿妹（按宁波话，“谋”与“妹”同音）有此远大计划。我把拼凑好的纸片收藏好。

到了五月，袁世凯全部接受日本帝国的二十一条的消息，先是十口相传，随即各报也刊登了。

胡哲谋和他的叔叔也从天津回来了。我和胡哲谋再见时，把拼凑好的纸片还给他，问道：“当时你以为从此将兵火连天，没完没了，你的读书、立身、著书成一家言的计划将不能实现了。现在，我祝你的计划将会成功。”

在我读完预科第二年的时候，凯叔也到北京来了。他是卢表叔保荐在中国银行当练习生。他有一次到译学馆宿舍来看我，说起他自己的事，一天写几张传票，每月也拿十六元。凯叔当练习生期满后，在总行办事三四年，然后总行派他往南昌当科长。后来屡次迁升，一九三六年，他任中国银行天津分行襄理，抗战时，我在重庆又遇见他，这是后话，此地不多说了。

在我将要读满预科三年的时候，谣言最多的北京又谣传有所谓筹安会者拟推袁世凯为帝。有一个无聊的英国人写文章说中国不宜行共和，还是帝制好。戊戌政变主角之一梁启超发表了《异哉所谓国体问题》，反对帝制。但文人之笔端，不是小站练兵起家的袁世凯所畏的；他终于十二月称帝。当时孙中山领导的讨袁军，在西北、东南沿海各省、两广，同时并起，声势甚大，但皆为袁平定。后来被软禁的蔡松坡将军得了一个妓女的帮助而逃到天津时，袁世凯不免有点惊慌。因为袁知道蔡必在云南起义，而守四川的陈宧，是袁所不信任的。当我将要结束三年预科的学习，即在一九一六年三月，袁世凯被迫取消帝制。本来预备在正式登上皇帝宝座时用以庆祝的广东焰火，在社稷坛放掉。我和许多同学在这夜都翻过宿舍的矮围墙去看放焰火，这是我第一次看到有这样在半空中以火花组成文字的广东焰火。那夜看到的火花组成的文字是“天下太平”。据说，本来还有个大袁字，临时取消了。

当我正在准备预科的第三年的最后一次大考时，袁世凯死了。

我在北京度过第三个冬天时，桂芳表弟奉父命来邀我去参加内国公债抽签还本的公开大会。

原来袁世凯上台以来，首先南方各省有所谓“二次革命”，曾用兵多日，方得平定；后来袁世凯称帝时，孙中山领导的讨袁军曾遍布西北、东南沿海、两广一带已如上述，亦用兵多日方得平定；凡此诸役，花钱甚多，国库如洗，赖发公债度日。当时所发公债，种类名称不一。投资者视公债如鸡肋，故定期抽签还本，实为劝诱投资者之唯一法门。

现在回过来略述我所目睹者。在什么礼堂进行（财政部礼堂或者新建成的基督教青年会礼堂），我记不清了。当时使我惊奇的是台上的一个斗大铜球，装有柄。桂芳表弟告诉我，这大铜球装有小铜珠，小铜珠上皆刻有号码，亦即某种公债票上所印号码。某种公债票有多少，小铜珠即有多少，但本期还本者非此种公债票之全部而是一部分，故必须抽签，亦即摇动铜球，每摇一次，即落下小铜珠一枚，直至既定的还本数目。

那一天，卢表叔在台上慷慨激昂地作了短短的演讲，大意是：学溥（卢表叔的大名）在职一日，必竭尽绵力，使到其应还本之公债，如其抽签还本，维护投资者的利益，并望转告亲友踊跃购买。绅商多买内国公债，政府即少借外债，故购买内国公债，于国于己，两有裨益云云。

卢表叔任公债司长时，确曾如他那天所说，到期还本，从不失信。这是因为他在公债司长任期，政府所发公债不算太多。后来蒋介石上台，据估计，蒋十年内所发公债，十倍于北洋军阀历届政府所发者。公债于是成为投机者的工具。

另有一事，也给我难忘的印象。那是新年团拜，在浙江会馆。卢表叔对一长者执礼甚恭，自称晚辈。卢表叔并介绍我和桂芳表弟与长者见面，谓须叩头，我才知道长者即为沈钧儒。

桂芳表弟又告诉我，商务印书馆北京分馆孙经理近来很巴结卢表叔，希望承印政府所发大量公债票。孙说，北京分馆拥有京华印书局，设备和技术保证所印公债票合乎规格。

当时我漫然听之，真是做梦也没想到这件事和我后来进商务印书馆编译所大有关系。

我于同年七月回家。

在回家前，我和若干同学及凯叔游了一次颐和园。我和凯叔受了桂芳表弟的怂恿，他说，颐和园此次开放数日，机会难得。他已游过。我们各包一架人力车，讲定来回共付大洋两元。这是一般的成规。在游览时，我想起人家常说颐和园布局有如西湖，我看不大像，而且有许多地方，还不能进去。但我当时所喜欢的，还是长廊及其彩绘。佛香阁石级太陡了，上去太费力。

最后，关于胡哲谋，我还想说几句。他的大计划终于没有实现。大约是五卅运动前后，他来商务印书馆编译所担任《英文周报》的主编。这时，他已锐气消尽，更加沉默寡言。而且，因为他的夫人不生育，他的长辈又强其他置了妾。社会大环境，家庭小环境，对于善良者的压力，其大有如此者！

本篇最初与《我的小学》《中学时代》连载于一九八〇年九月十七日至十月十日《新晚报·人物志》的《我的学生时代》。

①查一九一三年七至八月上海《申报》广告栏，北京大学在上海招预科生的报名时间为七月二十一至三十一日；预科第一、二类各招八十名，学制三年；考试科目有历史、地理、国文、英文、数学、理化、博物、图书，报考第一类者“理化、博物、图书三门中免试二门”；考试时间为八月十一日起，地点虹口唐山路澄衷学校。因年代久远，作者关于考试时间，科目的回忆。与史实有出入。

我曾经穿过怎样的紧鞋子

我在小学校的时候，最喜欢绘画。教我们绘画的先生是一位六十多岁的国画家。他的专门本领是画“尊容”，我的曾祖的《行乐图》就是他画的，大家都说像得很。他教我们临摹《芥子园画谱》，于是我们都买了一部石印的《芥子园画谱》。他说：“临完了一部《芥子园画谱》，不论是梅兰竹菊、山水、翎鸟，全有了门径。”

他从不自己动手画，他只批改我们的画稿；他认为不对的地方，就赏一红杠，大书“再临一次”。

后来进了中学校，那里的图画教师也是国画家，年纪也有点老了。不过他并不是“尊容专家”。他的教授法就不同了。他上课的时候在黑板上先画了一幅，一面画，一面叫我们跟着临摹；他说：“画画儿最要紧的诀窍是用笔的先后，所以我要当场一笔一笔现画，要你们跟着一笔一笔现临；记好我落笔的先后哪！”有时他特别“卖力”，画好了那幅“示范”的画儿以后，还拣那中间的困难点出来，在黑板的一角另画一幅“放大”，好比影片中的“特写”。

这位先生真是又和气又热心，我到现在还想念他。不用说，他从前大概也曾在《芥子园画谱》之类用过苦功，但他居然不把《芥子园画谱》原封不动掷给我们，却换着花样来教我们，在那时候已经十分难得了。

然而那时候我对于绘画的热心比起小学校时代来，却差得多了。原因大概很多，而最大的原因是忙于看小说。课余的时间全部消费在旧小说上头，绘画不过在上课的时候应个景儿罢了。

国文教师称赞我的文思开展，但又不满意地说：“有点小说调子，应该力戒！”这位国文教师是“孝康公”，又是我的“父执”，他对于我好像很关切似的，他知道我的看小说是家里大人允许的，他就对我说：“你的老人家这个主张，我就不以为然。看看小说，原也使得，小说中也有好文章，不过总得等到你的文章立定了格局，然后再看小说，就没有流弊了。”过一会儿，他又摸着下巴说：“多读读《庄子》和韩文①罢！”

我那时自然很尊重这位老师的意见，但是小学校时代专临《芥子园画谱》那样的滋味又回来了。从前临《芥子园画谱》的时候，开头个把月倒还兴味不差，——先生只叫我临摹某一幅，而我却把那画谱从头到底看了一遍，“欣然若有所得”；后来一部画谱看厌了，先生还是指定了那几幅叫我“再临一次”。又一次，我就感到异常乏味了。而这位老画师的用意却也和那位“孝康公”的国文教师一样：要我先立定了格局！《庄子》之类，自然远不及小说来得有趣，但假使当时何人指定了某小说要我读，而且一定要读到我“立定了格局”，我想我对于小说也要厌恶了罢？再者，多看了小说，就不知不觉间会沾上“小说调子”，但假使指定了要我去临摹某一部小说的“调子”，恐怕看小说也将成为苦事了罢？

不过从前的老先生就要人穿这样的“紧鞋子”。幸而不久就来了“辛亥革命”，老先生们喟然于“世变”之巨，也就一切都“看穿”些，于是我也不再逢到好意的指导叫我穿那种“紧鞋子”了。说起来，这也未始不是“革命”之赐。

此篇最初发表于一九三四年七月《文学》周年纪念特辑《我与文学》，曾收入《话匣子》和《我的学生时代》。

①即唐代文学家韩愈所著之文。

父亲的抱负

外祖父逝世后，母亲回家，我亦跟着回家了。两年后，曾祖父去世，老三房分家。又一年，我五岁，母亲以为我该上学了，想叫我进我们家的家塾。但是父亲不同意。他有些新的教材要我学习，但猜想起来，祖父是不肯教这些新东西的。他就干脆不让我进家塾，而要母亲在我们卧室里教我。这些新的教材是上海澄衷学堂的《字课图识》，以及《天文歌略》和《地理歌略》；后两者是父亲要母亲从《正蒙必读》里亲手抄下来的。母亲问父亲：为什么不教历史？父亲说，没有浅近文言的历史读本。他要母亲试编一本。于是母亲就按她初嫁时父亲要她读的《史鉴节要》，用浅近文言，从三皇五帝开始，编一节，教一节。

为什么父亲自己不教我，而要母亲教我呢？因为一则此时祖母当家，母亲吃现成饭，有空闲；二则——也是主要的，是父亲忙于他自己的事，也可以说是他的做学问的计划。

父亲结婚那年，正是中日甲午战争的那一年。清朝的以慈禧太后为首的投降派，在这一战争中丧师辱国割地求和，引起了全国人民的义愤。康有为领导的公车上书，对于富有爱国心的士大夫，是一个很大的刺激。

变法图强的呼声，震动全国。乌镇也波及了。我的父亲变成了维新派。亲戚中如卢鉴泉，朋友中如沈听蕉（鸣谦），都与父亲思想接近。父亲虽然从小学八股，中了秀才，但他心底里讨厌八股。他喜欢的是数学。恰好家里有一部上海图书集成公司出版的《古今图书集成》（那是曾祖父在汉口经商走运时买下来的）。父亲从这部大类书中找到学数学的书，由浅入深自学起来。他还自制了一副算筹（用竹片），十分精致（母亲一直保存着直到她逝世）。但当时，曾祖父尚在，父亲只能偷偷学习，而且结婚以前，父亲没有钱，不能购买那时候已在上海出版的一些新书。

当时（曾祖父尚在梧州），老三房各房的用度，都由曾祖父供给，家中称为公账开支；这公账包括了老三房各房的一切费用，外加零用钱，每房每月五元。祖父一房，大小八口（祖父、祖母、包括父亲在内的六个儿子女儿），每月零用也就只这五元（祖父是没有职业的，也没有收入），统归祖母掌握，如果父亲向祖母要钱买书，祖母就会说：家里有那么多书，还要买？

但在结婚以后，父亲知道母亲有填箱银元八百元，他就觉得他的一些计划可以实现了。这些计划，除了买书，还有同母亲到上海、杭州见见世面，到苏州游玩等等（父亲那时也没有到过上海、苏州），甚至还想到日本留学。当时母亲笑道："你没有当过家，以为八百块钱是个大数目，可以做这，做那。我当过家，成百上千的钱常常在我手上进出，我料想这八百元大概只够你买书罢了。"

事实上，当时曾祖父尚在，除了到杭州乡试，是不许父亲到别处去"见世面"的，何况到日本！曾祖父自己三十岁到上海，后来走南闯北，是最喜欢新环境、新事业的，不料他管教儿孙却另是一套。

父亲暂时只能满足于买书，求新知识。他根据上海的《申报》广告，买了一些声、光、化、电的书，也买了一些介绍欧、美各国政治、经济制度的新书，还买了介绍欧洲西医西药的书。

曾祖父告老回家之第二年，四月间，光绪帝下诏定国是，决定变法维新。几个月内，接二连三下了好些上谕，例如试士改八股文为策论，开办京师大学堂，改各省省会之书院为高等学堂，府城之书院为中学堂，州、县之书院为小学堂，皆兼习中西学术。命各省督抚劝导绅民发展农政、工艺，优奖创制新法者。煌煌政令，如火如荼，人心大为振奋，可是各省督抚迟疑观望，阳奉阴违。突然，八月初六日，慈禧太后再出亲政，将光绪幽拘于瀛台，杀谭嗣同等六人，通缉康有为、梁启超。百日维新，至此遂告结束。这就是历史上有名的戊戌政变。

我的父亲空高兴了一场。当维新变法正当高潮时，我的父亲计划到杭州进新立的高等学堂，然后再考取到日本留学的官费，如果考不上，就到北京进京师大学堂。而今都落空了。

庚子（八国联军攻陷北京）秋，曾祖父病逝。接着是老三房分家，接着又是外祖父病逝。这些事接着而来，父亲的出游志愿，自然要搁起来了，而况母亲第二次怀孕，次年生下我的弟弟。

戊戌政变后的第四年，即壬寅（一九〇二年）秋，举行乡试，废八股，考策论。父亲本来不想应试，但是亲友们都劝他去。卢鉴泉自己要去，也劝父亲去。于是结伴到杭州应考的，有五六人。沈听蕉素来不想应乡试，但想趁热闹到杭州玩一次，也同去了。

父亲下了头场，就得了疟疾，他买了金鸡纳霜（即奎宁），服下后疟止，勉强下了二场，没有考第三场，自然“中式”无望。但这次到杭州，未入场前，逛了书坊，买了不少书，其中有买给母亲的一些旧小说（《西游记》《封神榜》《三国演义》《东周列国志》），和上海新出的文言译的西洋名著。父亲还拍了一张六寸的半身照相。这张照片一直挂在卧室内靠近大床的墙上，直到父亲逝世。

这是父亲最后一次出门，一年后他病倒了。

壬寅乡试是补行庚子、辛丑恩正并科，也是清朝举行的倒数最后第二次的乡试（最后一次即癸卯科），卢鉴泉于壬寅中式第九名。同镇另一个中式的是严槐林。

本篇为原载于一九八〇年八月三十日至九月十六日香港《新晚报·人物志》的《我的家庭与亲人》（下）。

父亲的三年之病

前已说过，父亲在杭州乡试时得了疟疾，用奎宁治疗，回家后又生过小病；接着是长寿舅父的去世，父亲和母亲在外祖母家住了将近一个月，父亲先回家，就有低烧、盗汗，他自己开个方子服了几帖，也不见效。接着是母亲也回家了，她看见父亲脸上气色，觉得不妙，问是什么病，父亲自己说，也还在摸索。总之，不是什么伤风感冒之类。这就见得问题复杂了。父亲自己开方，用的是温补之药。母亲认为此番的病是考试时服了西药，把疟疾遏止，余势未清之故。母亲争辩说：“我没学过医，可是常听爸爸说，疟疾宜表不宜遏。”父亲却相信奎宁治疟并不是什么遏止。母亲见父亲不听，便写了几封信，请外祖父的门生（包括姚圮塘）来给父亲会诊。来了七八个人，倒有一大半是和母亲的看法大致相同。姚医生的看法却和我父亲差不多。最后，取了折中办法，仍用原方，加一二味表药。服了三四帖，不见坏，也不见好。父亲还是天天起来，只是觉得容易疲劳而已。渐渐地，母亲也不那么着急了，觉得这不是急病，拖个把月，慢慢打听有什么神医，大概不会误事。

因为母亲说要打听有什么神医，祖父、祖母却想起十几年前的一件事情。原来父亲幼时（大概九十岁）曾患一场怪病，也是经常有低烧，有盗汗，那时也是众医束手；拖了半年多，忽然听说本镇到了一个和尚（他是镇上某富户托人请来看病的），精于太素脉，善治疑难病症。当时托人请这和尚来诊视，开了个方子，说可以长服，一个月后当见效，否则，也就不必再服，可到杭州某寺找他。照方服了一个月，果然有效，守着这个方子服了半年，病完全好了。这个方子当时藏在一方大砚台下。大砚台在楼下书房（即祖父教几个儿子侄儿读书那间房），母亲去找，果然方子还在，还有当年和尚留下的他在杭州的住处。母亲高兴极了，就同父亲商量，如何派人到杭州找和尚。父亲说，和尚云游，时隔十多年，知他还在杭州否，不如先照和尚方子服几帖再说。可是母亲瞒着父亲写个字条送给宝珠，叫她想法。随即阿秀来了，说外祖母正在设法，好歹要弄个明白：那和尚是否还在。

父亲服了那方子，果然有效。盗汗止了，低烧时有时无。母亲认为这和尚真有本事，更加盼望能找到他。

但就在这时候，我的弟弟（那时虚数三岁）忽然病了；父亲开方，吃了没有用。而弟弟之病来势甚猛，三五天就不进饮食。母亲又通知了外祖父的那些门生。于是又来会诊，改变前方，另拟新剂，服了二帖，仍然无效，病儿却渐渐呼吸都很微弱，母亲决心请她的六叔（渭卿）来治。考虑到老人家久已不诊病，母亲就自己去请，说，好歹拉他来一趟。母亲坐了船去，希望原船接回渭老。父亲的那些师兄师弟，此时天天都来会诊，看见“师妹”亲自去请渭老，他们都坐着等待。他们一边等，一边同父亲谈弟弟的病，一边传观和尚那张方子，都说，怎么方子上只开病情不作判断，又说看他一手字，便知是“老斲轮手”[①]。

从午时等到太阳西斜，方见粟香进来，大家都心里说："这回连师妹也请不动了么"，可又见母亲扶着渭老慢慢进来。这一下，登时热闹起来。茶点早已摆齐，渭老上坐，听父亲简单明瞭地报告弟弟起病及医治过程，问了句"到今天是第几天了"，然后细看了前后各方，就由母亲扶着，父亲与粟香相随，都上楼去了。看过病儿，渭老下楼来立即开方，寥寥几行字，搁笔，对父亲和母亲说："死马当活马医罢。"父亲等一看方子，都大惊失色，原来这方子同他们连日的方子全然不同，其中用量最重的两味药是东瓜子、东瓜皮。（这里，我是完全根据母亲对我所说记下来的。母亲在事隔七八年后对我讲这件事时，也说不清弟弟患的是什么病，也只记得渭老开的方子中间有这两味药。）

渭老走后，父亲的师兄师弟们都还不走，议论纷纷，可是母亲已经叫人抓药，煎好立即服下。客人们都佩服这位"师妹"真有决断，也都告辞，说明天来听好消息，——其实他们心里是怀疑的。

那晚上，弟弟居然睡得安稳。半夜醒来，又吃二服。天大亮后醒来，居然说肚子饿了。连服三帖，病已痊愈。母亲连忙写信，与父亲联名，感谢渭老。正想派人送去，忽然阿秀进来了，随后是宝珠扶着外祖母。原来外祖母结伴到杭州烧香，主要是找那和尚。事隔多年，杭州所有寺庙都访过了，都不知有此和尚。外祖母坐定，才把找不到和尚的事，告诉父亲。父亲说：果然那和尚云游不知去向，不要再水中捞月了。外祖母抱着病后初愈的弟弟却对父亲说："老头子（指外祖父）在世时常说，树皮草根，只治得病，不能治命，看来姑爷——"外祖母声音哽咽，说不下去。父亲苦笑道："讲到命，也许突然又来个神医。君子安命，我是一点也不担心。"母亲接着说："也只好这样，自安自慰罢，死生有命。"

大概是我八岁的时候，父亲病倒了。

最初，父亲每天还是挣扎着从床上起来，坐在房中窗前读书一两个小时，然后又卧。他那时还是对数学最有兴趣，他自习小代数、大代数、几何、微积分（那时新出的谢洪赉编的），其次是喜欢声、光、化、电一类的书，又其次是世界各国历史、地理的书。也看那时留日学生所办的鼓吹革命的报刊。

又到年关了。这个时候，在乌镇通常是一年最冷的时候，常常下雪。乌镇一带地区的房屋构造是不保温的，也没有取暖设备，因此显得特别冷。父亲此时只好整天躺在床上，盖着厚的丝棉被；他常常支起双腿，躺着看书。不料腊月既过，天气渐转暖和时，父亲的两条腿不能放平，好像因为长久支起，筋已缩短。如果别人帮着用力拉，是可以拉平的，但因父亲脸上有痛苦表情，妈妈不忍，就让这样支起。（直到死，还是这样。殓时有人拉了一下，才放平了，但那时妈妈倘看见，也会伤心的。）

然而除了渐渐转动不便（在床上翻身，也要妈妈帮他），别无痛苦。饭量照样好，每天外祖母送来各种滋补的食品，父亲都能吃，然而人却一天一天消瘦下去。

在父亲卧床不起的第二年夏天，祖母亲自到城隍庙里去许了个愿，让我在阴历七月十五出城隍会时扮一次“犯人”。这是乌镇当时的迷信：家中有病人而药物不灵时，迷信的人就去向城隍神许愿，在城隍出会时派家中一儿童扮作“犯人”，随出会队伍绕市一周，以示“赎罪”，这样，神就会让病人的病好起来。

祖母是迷信神道的，在父亲卧床不起后，她多次提出要去城隍庙许愿，都被父亲和母亲拦阻了。现在她看到儿子日益消瘦，也就不管我父母亲的反对，自己到城隍庙里去许了愿。

乌镇那时每年阴历七月十五至十七要连出三天城隍会，其盛况不下于元宵节的闹龙灯。出会的费用由镇上的大小商号摊派（名为“写疏”），“节目”则由各街坊准备。所谓“节目”就是各种彩扎的“抬阁”和“地戏”。“抬阁”是由四个精壮汉子抬着一块平板，上面由童男童女装扮成戏文中的各种角色，如白娘娘、吕洞宾、牛郎织女等等，四围挂着琉璃彩珠，打上灯彩。“地戏”比较简单，挑几十个汉子（不再是儿童），穿上做戏的“行头”，在地上走着，有时也舞弄一下手中的大刀和花枪。因为各街坊要互相竞赛，所以“抬阁”和“地戏”年年出新斗奇，除非那年逢上了大灾荒。

出城隍会，照例由一队人马在前面鸣锣开道，然后就是各街坊的“抬阁”和“地戏”在喧天锣鼓声中慢慢地依次走过。队伍的中间是一台十六人抬的大轿，里面坐着城隍的木像，面施彩漆，身穿神袍，轿前有“回避”“肃静”的大木牌，前呼后拥，十分威风。但是大轿在经过我家旁边的修真观时，却突然锣鼓息声，抬轿的人要一齐跑步，飞速穿过观前的那一段街道。这是有名目的，叫做“抢轿”，因为修真观供奉的是玉皇大帝，城隍是玉帝手下的小官，当然不能大模大样地经过修真观，只能跑步通过。城隍大轿的后面，又是“抬阁”和“地戏”，最后就是“犯人”的队伍。“犯人”仍穿家常的衣服，但一律围一条白布裙子，戴一副“手铐”；所谓“手铐”其实是一副手镯，有金的也有银的，用一根带子系牢，挂在“犯人”的脖子上。整个出会的队伍要在乌镇的四栅（东南西北栅）周游一圈，“犯人”也要跟着兜一周。有的年龄小的“犯人”，这样远的路走不动，也可以由大人抱着参加游行。即使走得动的“犯人”，一般也有家里人在旁边跟着，因为怕孩子把“手铐”丢了。

祖母让我去扮“犯人”的那一年，我九岁，正是最爱玩耍的年龄，对于能够亲身参加出城隍会，自然十分高兴，随队伍绕着四栅走了十多里路，竟一点不感到累。不过事后想想，又觉得不上算，因为“犯人”只能跟在出会行列的末尾，一路所见只是前面“抬阁”的背影和两旁围观的人群，实在没有扒在我家老屋临街的窗台上看下面经过的队伍来得有意思，而且在窗台上连“抢轿”的场面都能看得一清二楚。另外，我虽然当了一次“犯人”，父亲的病却未见有一丝的好转。

母亲现在不得不日夜守着父亲。白天，她经常替父亲拿着翻开的书籍竖立在父亲胸前让他看，而在看完一页以后翻过新的一页。父亲此时连举手捧书也觉得困难了。他自己叹气说；“怎么，筋骨一点一点僵硬了。”当真，他巍颤颤地举起手来时，五个指头拿东西显得不平稳，而且举了一下就觉得“重”，不得不放下了。

那时，弟弟住在外祖母家，宝珠管他。我每天到隔壁的立志小学读书。我每天下午三时便放学了，回家来，母亲便教我坐在床沿，执着书，竖立在父亲胸前让他看。而乘此时候，母亲下楼去洗衣服，因为父亲大小便都在床上，衣服得一天换一次。

有一天，我正在执书让父亲看，父亲忽然说：“不看了。”停一会儿，又说：“拿刀来。”这是指我们房中的一把剖切瓜果之类的钢刀，长方形，长有半尺，宽有寸半，带一个木柄。我拿了刀来，问道：“做什么？”父亲说：“手指甲太长了，刀给我。”那时我原也觉得诧异，手指甲怎么能用刀削呢？但还是把刀给了父亲。父亲手拿刀，朝刀看了一会儿，终于把刀放下，叫我拿走。父亲也不看书了，叫我去看看母亲洗衣完了没有。我下楼，看见母亲已洗完衣服，就对她说：“爸爸欲剪指甲。”

母亲就上楼去了。后来我再进房去，看见母亲坐在床沿上，低着头，眼眶有点红，像是哭过。到晚上，等父亲睡着了，母亲悄悄告诉我，父亲叫我拿刀给他，他想自杀。原来母亲听我说父亲要剪指甲，进房后就要给父亲剪指甲。父亲自己却把刚才想要自杀的事告诉了母亲，他说，“病是一定没有好的希望了。这样拖下去，何年何月可了，可不把你拖累了么？”而且他自己也一天一天不耐烦了，一举一动都得人帮助，这也不好受呀。父亲又对母亲说，虽然暂时不缺钱，但明知病不能好，每天花不少钱弄吃的，这不是白花了吗？还不如省下来，留给母亲和我们罢。父亲又说：教养两个孩子成人，没有他，母亲也会办得很好，只要有钱，母亲什么都能办好。这都是父亲想自杀的原因。母亲自然认为这些都不成其为理由。母亲认为父亲的病还有希望可以治好。即使不能治好，只要不死，瘫痪怕什么？大家都在想法，如何使父亲不感到寂寞，不感到任何不便。而且父亲除了不能动，原也没有什么痛苦，为什么就“活得不耐烦”了？

据母亲说，父亲终于答应，不再起自杀的念头了。但是母亲仍不放心，切实叮嘱我：以后把刀子藏好，剪子也要藏好，都不许再给父亲了。

这半年里，每逢星期天，外祖母早上派阿秀送食品来，顺便带我到外祖母家吃过午饭，又由阿秀带了我和弟弟一同回来玩一会，然后同弟弟回去。又逢到星期天了，阿秀又来了，母亲却不让我去。父亲知道母亲的用意，便笑道：“让他去，我答应过了，一定守信用。”

午后，阿秀和我及弟弟回来了，阿秀把一个衣包给母亲。母亲打开一看，原来是给我和母亲做的新衣，有夹的，也有单的。阿秀说，这都是宝珠做的。料想母亲一定忙不过来，以后，我们的衣服都由她做，还向母亲要了父亲衣服的尺寸去。母亲却将事先写好的一个字条偷偷交给阿秀带回去。

隔了一天，外祖母带了宝珠和阿秀来了。外祖母对母亲说："你说暂时瞒着姑爷，我却要推开天窗说亮话。"父亲摸不着头脑。外祖母又说："请郎中瞒着病人，不好。"父亲听这样一说，便猜着几分了，说："又有什么和尚道士会医的罢。"外祖母说："不是和尚道士，是东洋鬼子。"于是就一五一十都说明白。原来是母亲听说南浔镇（离乌镇约二三十里，太平天国后许多暴发户都出在这个镇上）有个西医院，医生是日本人，

请外祖母设法打听。外祖母派陆大叔去了一天，打听明白，这个医院的日本医生可以出诊，诊费每日十元，外加伙食费每日五元，药费另算，到乌镇来回作三天算，如请来诊，合计大概要五十余元。

父亲听了摇头，说："何必花这笔冤枉钱。日本人未必有本事治这怪病。"

外祖母说："姑爷，管他能治不能治，请来识识也好。五十多块钱，我还不算一回事。"

母亲和宝珠也帮着说，父亲最后只好同意。于是母亲写了封信给那个医院，请于五天后派医生来镇，并付定洋四十元。

到期，外祖母和宝珠带阿秀一早就到我家等候。祖父不愿见外国人，出外找朋友去了。祖母、大姑母也都躲开，三个叔叔好奇，赖在客堂，却被外祖母赶走。

大约十点钟，医生来了，却是个女的，三十来岁，带个翻译，四十

左右，还有个女看护（中国人），二十来岁。外祖母问那翻译："医生呢？还在船上？"翻译指那日本女人，说她就是医生。外祖母很不高兴，正想发作，幸而母亲下来了，对外祖母说："女的也一样，请他们上楼罢。"于是都上楼去，挤满了一房。女医生倒很大方，脱了木屐，爬到床上，开始诊病。此时正当初夏，气温较高。翻译说，病人该脱上衣。母亲和宝珠、那个女护士，三人一齐动手，才把父亲的上衣脱下。照例听、敲以后，医生按着父亲的胸脯，问"痛不痛"？又使劲捏住父亲的手臂关节，问"痛不痛？"，父亲都摇头。医生向翻译叽哩咕噜说了几句。翻译说：该脱裤子看看。外祖母听着笑了。宝珠有点害羞，站远了点儿。母亲便同那女护士替父亲脱裤子。医生按着父亲的支起的两腿，又向翻译说了几句。翻译问：病人的腿能不能伸直？老是这样支起的吗？母亲叹气回答：一年多了。医生又把听诊器按在病人肚上，这边，那边，听了好一会，又要父亲侧卧，把听诊器在背脊从上到下都听过了。蹲在床上一会儿，看着病人全身无肉，摇了摇头，这才下床来，向翻译说了几句。翻译说：诊断完了，下楼去罢。母亲拿一条夹被给父亲盖好，留阿秀在房，便一同下楼。

到了客堂，外祖母请医生等吃茶点，一边问：这病有办法治么？翻译同医生商量了好多时候，然后回答：老太太明白，病人全身肉都落尽了，又听说饮食照常，这个，你们小心照管，不会马上出事。外祖母又问：这是什么病？翻译又同医生讲了几句，拿起桌子上的纸、笔，写了两个大字：骨痨。

母亲看是"痨"，就有点吃惊，问翻译道："骨痨是什么？"翻译回答：这是痨病的虫子钻到骨头里去了。

母亲便不再问。外祖母和宝珠也不出声，神色都变了。

女护士打开一个大皮包，医生从中拣出两三个玻璃瓶，瓶内有药丸，也有药粉。医生各取若干，分别包成二十多包，向翻译说了一通。翻译便说：这药丸和药粉每天各吃一包。这时，医生对外祖母鞠躬，便带着护士往外走。宝珠拉住那个翻译问：是什么药，管什么？翻译回答：都是开胃药，兼带润肠。又说，诊断完了，我们下午便回南浔。此时护士又回来说：药价四元。

外祖母又同母亲、宝珠上楼去，祖母也出面了，同到父亲房里，母亲把医生的诊断简短说了一说，便问父亲；“你知道什么叫骨痨？”父亲想了半天回答道：“中国医书上没有这个病名。痨病虫子是土话。我看过西医的书，说肺痨西医名为肺结核，这结核是菌，会移动。想来是移动到骨髓里去了。这病是没法治了。东洋医生给的药，吃也无用。”

父亲说话时心气平静。外祖母和宝珠都哭了。父亲笑道：“原来说是来看看，弄个清楚，如今知道了是不治之症，我倒安心了。但不知还能活几天？我有许多事要预先安排好。”

从此以后，父亲不再看书了。却和母亲低声商量什么事。一二天后，父亲口说，母亲笔录。我在旁虽然听得，却不解其意义。母亲一面笔录，一面下泪，笔录完，母亲重念一遍，父亲点头说：“就是这样罢。”但是母亲想了一会儿说：“这桩大事，我写了，人家会说不是你的主张，应当请公公来写。”父亲听了苦笑道：“你想得周到。”于是叫我去请祖父来。祖父来后，父亲不把母亲写好的底稿给他看，而自己再念一遍，请祖父写。最后二句，我却听懂了：“沈伯蕃口述，父砚耕笔录。”还有年、月、日。后来我知道这是遗嘱。要点如下：中国大势，除非有第二次的变法维新，便要被列强瓜分，而两者都必然要振兴实业，需要理工人才；如果不愿在国内做亡国奴，有了理工这个本领，国外到处可以谋生。遗嘱上又嘱咐我和弟弟不要误解自由、平等的意义。立遗嘱后的一天，父亲叫母亲整理书籍；医学书都送给别人，小说留着，却指着一本谭嗣同的《仁学》对我说："这是一大奇书，你现在看不懂，将来大概能看懂的。"

从此以后，父亲不再看数学方面的书，却天天议论国家大事，常常讲日本怎样因明治维新而成强国。还常常勉励我："大丈夫要以天下为己任。"并反复说明这句话的意义。母亲要我做个有志气的人，俗语说"长兄为父"，弟弟将来如何，全在我做个什么榜样。

第二年夏季，气候酷热。母亲见从前预备给曾祖父住的两间楼房（家中称为新屋）此时空着，便找人背着父亲住到新屋的靠西一间楼下。安排我和弟弟住在靠东一间楼下。这年夏末秋初，父亲去世了。父亲死时并无痛苦之状，像睡着似的永远不醒来了。当母亲唤父亲不应时，还以为父亲睡酣，但脸上血色全没有了，摸摸脉搏，才知道父亲真个离开爱妻和娇儿，到他常常想念的第二次变法维新国富兵强的中国去了。

我和弟弟正在写字，听得母亲一声裂帛似的号咷，急忙奔去，却见母亲正在给父亲换衣服，我和弟弟都哭了。一会儿，家里人都来了。七手八脚想帮助母亲。但是母亲摇手，泪如雨下。母亲亲手用热毛巾把父亲全身擦干净，换上殓衣，很小心地仍让父亲的两腿支起。

父亲的遗体移到楼下靠东，平常作为会客室的一间。母亲始终只是吞声呜咽。直到外祖母和宝珠哭着进来时，这才放声大哭。

因为天热，第二天就殓了。丧事既毕，母亲在父亲逝世的屋内设一个小灵堂，只供一对花瓶，时常换插鲜花。父亲的照片朝外挂着。照片镜框的两侧，母亲恭楷写的对子是：幼诵孔孟之言，长学声光化电，忧国忧家，斯人斯疾，奈何长才未展，死不瞑目；良人亦即良师，十年互勉互励，雹碎春红，百身莫赎，从今誓守遗言，管教双雏。

父亲终年三十四岁。

本篇为原载于一九八〇年八月三十日至九月十六日香港《新晚报·人物志》的《我的家庭与亲人》（下）。

①“老斲轮手”斲（zhuó），“斫”的异体字，本义为大锄，引申为砍。斲轮，指车工砍木制造车轮，后泛称技艺精湛、经验丰富的人为“老斲轮手”。

辑四

论人迷·文学与人生

读《呐喊》

一九一八年四月的《新青年》上登载了一篇小说模样的文章，它的题目、体裁、风格，乃至里面的思想，都是极新奇可怪的：这便是鲁迅君的第一篇创作《狂人日记》，现在编在这《呐喊》里的。那时《新青年》方在提倡“文学革命”，方在无情地猛攻中国的传统思想，在一般社会看来，那一百多面的一本《新青年》几乎是无句不狂，有字皆怪的，所以可怪的《狂人日记》夹在里面，便也不见得怎样怪，而未曾能邀国粹家之一斥。前无古人的文艺作品《狂人日记》于是遂悄悄地闪了过去，不曾在“文坛”上掀起了显著的风波。

但鲁迅君的名字以后再在《新青年》上出现时，便每每令人回忆到《狂人日记》了；至少，总会想起“这就是《狂人日记》的作者”罢。别人我不知道，我自己确在这样的心理下，读了鲁迅君的许多随感录和以后的创作。

那时我对于这古怪的《狂人日记》起了怎样的感想呢，现在已经不太记得了，大概当时亦未必发生了如何明确的印象，只觉得受着一种痛快的刺激，犹如久处黑暗的人们骤然看见了绚丽的阳光。这奇文中冷隽的句子，挺峭的文调，对照着那含蓄半吐的意义，和淡淡的象征主义的色彩，便构成了异样的风格，使人一见就感着不可言喻的悲哀的愉快。这种快感正像爱吃辣子的人所感到的“愈辨愈爽快”的感觉。我想当日如果竟有若干国粹派读者把这《狂人日记》反复读至五六遍之多，那我就敢断定他们（国粹派）一定不会默默的看它（《狂人日记》）产生，而要用恶骂来欢迎它（《狂人日记》）的生辰了。因为这篇文章，除了古怪而不足为训的体式外，还颇有些“离经叛道”的思想。传统的旧礼教，在这里受着最刻薄的攻击，蒙上了“吃人”的罪名了。在下列的几句话里：

凡事总须研究，才会明白。古来时常吃人，我也还记得，可是不甚清楚。我翻开历史一查，这历史没有年代，歪歪斜斜的每页上都写着“仁义道德”几个字。我横竖睡不着，仔细看了半夜，才从字缝里看出字来，满本都写着两个字是“吃人”！

中国人一向自诩的精神文明第一次受到了最“无赖”的怒骂；然而当时未闻国粹家惶骇相告，大概总是因为《狂人日记》只是一篇不通的小说未曾注意，始终没有看见罢了。

至于在青年方面，《狂人日记》的最大影响却在体裁上；因为这分明给青年们一个暗示，使他们抛弃了“旧酒瓶”，努力用新形式，来表现自己的思想。

继《狂人日记》来的，是笑中含泪的短篇讽刺《孔乙己》；于此，我们第一次遇到了鲁迅君爱用的背景——鲁镇和咸亨酒店。这和《药》《明天》《风波》《阿Q正传》等篇，都是旧中国的灰色人生的写照。尤其是出世在后的长篇《阿Q正传》给读者难以磨灭的印象。现在差不多没有一个爱好文艺的青年口里不曾说过“阿Q”这两个字。我们几乎到处应用这两个字，在接触灰色的人物的时候，或听得了他们的什么“故事”的时候，《阿Q正传》里的片段的图画，便浮现在脑前了。我们不断的在社会的各方面遇见“阿Q相”的人物：我们有时自己反省，常常疑惑自己身中也免不了带着一些“阿Q相”的分子。但或者是由于怠于饰非的心理？我又觉得“阿Q相”未必全然是中国民族所特具。似乎这也是人类的普通弱点的一种。至少，在“色厉而内荏”这一点上，作者写出了人性的普遍的弱点来了。

中国历史上的一件大事，辛亥革命，反映在《阿Q正传》里的，是怎样叫人短气呀！乐观的读者，或不免要非难作者的形容过甚，近乎故意轻薄“神圣的革命”，但是谁曾亲身在“县里”遇到这大事的，一定觉得《阿Q正传》里的描写是写实的。我们现在看了这里的七八两章，大概会仿佛醒悟似的知道十二年来政乱的根因罢！鲁迅君或者是个悲观主义者，在《自序》内，他对劝他做文章的朋友说道：

假如一间铁屋子，是绝无窗户而万难破毁的，里面有许多熟睡的人们，不久都要闷死了，然而是从昏睡入死灭，并不感到就死的悲哀。现在你大嚷起来，惊起了较为清醒的几个人，使这不幸的少数者来受无可挽救的临终的苦楚，你倒以为对得起他们么？

朋友回答他道：“然而几个人既然起来，你不能说决没有毁坏这铁屋的希望。”

因为“说到希望，却是不能抹杀的”，所以鲁迅君便答应他朋友做文章了，这便是最初的一篇《狂人日记》。但是他的悲观以后似乎并不消灭，在《头发的故事》里，他又说：

现在你们这些理想家，又在那里嚷什么女子剪发了，又要造出许多毫无所得而痛苦的人！

现在不是已经有剪掉头发的女人，因此考不进学校去，或者被学校除了名么？

改革么，武器在哪里？工读么，工厂在哪里？

仍然留起，嫁给人家做媳妇去：忘却了一切还是幸福，倘使伊记着些平等、自由的话，便要苦痛一生世！

我要借了阿尔志跋绥夫的话问你们：你们将黄金时代的出现预约给这些人们的子孙了，但有什么给这些人们自己呢？

这不是和《自序》中铁屋之喻是一样悲观而沉痛的话么？后来，在《故乡》中，他又明白地说出他对于“希望”的怀疑：

我想到希望，忽然害怕起来了。闰土要香炉和烛台的时候，我还暗地里笑他，以为他总是崇拜偶像，什么时候都不忘却。现在我所谓希望，不也是我自己手制的偶像么？只是他的愿望切近，我的愿望茫远罢了。

我在蒙胧中，眼前展开一片海边碧绿的沙地来，上面深蓝的天空中挂着一轮金黄的圆月。我想：希望是本无所谓有，无所谓无的。这正如地上的路；其实地上本没有路，走的人多了，也便成了路。

至于比较的隐藏的悲观，是在《端午节》里。“差不多说”就是作者所以始终悲观的根由。而且他对于“希望”的怀疑也更深了一层。

但是《阿Q正传》对于辛亥革命之侧面的讽刺，我觉得并不是因为作者是抱悲观主义的缘故。这正是一幅极忠实的写照，极准确的依着当时的印象写出来的。作者不曾把最近的感想加进他的回忆里去，他决不是因为感慨目前的时局而戴了悲观主义的眼镜去与他的回忆；作者的主意，似乎只在刻画出隐伏在中华民族骨髓里的不长进的性质，——“阿 Q 相”，我以为这就是《阿 Q 正传》之所以可贵，恐怕也就是《阿 Q 正传》流行极广的主要原因。不过同时也不免有许多人因为刻画“阿 Q 相”过甚而不满意这篇小说，这正如俄国人之非难梭罗古勃的《小鬼》里的“不垒陀诺夫相”，不足为盛名之累。

在中国新文坛上，鲁迅君常常是创造“新形式”的先锋！《呐喊》里的十多篇小说几乎一篇有一篇新形式，而这些新形式又莫不给青年作者以极大的影响，必然有多数人跟上去试验。丹麦的大批评家布兰兑斯曾说：“有天才的人，应该也有勇气。他必须敢于自信他的灵感，他必须自信，凡在他脑膜上闪过的幻想都是健全的，而那些自然来到的形式，即使是新形式，都有要求被承认的权利。”这位大批评家这几句话，我们在《呐喊》中得了具体的证明。除了欣赏惊叹而外，我们对于鲁迅的作品，还有什么可说呢？

本篇最初发表于一九二三年十月八日《文学》周报第九十一期，署名雁冰。曾收入《茅盾话创作》。

论“入迷”

有多种多样的“入迷”。

吉诃德先生看武侠小说把一份家产几乎看光，还嫌不够，还要出去行侠，终于把一条老命也赔上。这是“入迷”的一种。

《红楼梦》上香菱学诗，弄得茶饭无心，梦里也做诗。这也是“入迷”。但据说香菱居然把诗做好了。

乡间有伧夫读《封神榜》，搔头抓耳，心花大放，忽开窗俯瞩，窗下停有馄饨担，开了锅盖，热气蓬蓬直上；伧夫见了，遽大叫道：“吾神驾祥云去也！”跨窗而出，把馄饨担踹翻了。这又是一种的“入迷”，然而程度远在吉诃德先生之下。

吉诃德先生的“入迷”，结果是悲剧。乡间伧夫的“入迷”，结果是喜剧。香菱的“入迷”，结果不悲不喜，只成了一篇平凡的故事。

就“入迷”而论，吉诃德先生实在是伟大的；你看他始终不动摇。乡间伧夫那一幕喜剧，叫做一时发昏，也许他赔偿了馄饨担以后就发誓不再看《封神榜》了。但当他高叫“吾神驾祥云去也”，而且撩衣跳窗的时候，他那态度倒也是“严肃”的，他确实“走进了《封神榜》”，不自知其非书中人了！至于香菱，她茶饭无心地读杜工部温飞卿的时候，她唯一目的是自己也做个诗人。使她着了“迷”的，不是杜工部他们的作品，而是她自己想做诗人这一念的“虚荣”。故就“入迷”而论，香菱的，便是最下乘！

有些人一拿起小说来读，便在心里说：“小说家言，岂能当真”。于是他带着怀疑的微笑，被动地看下去了。有些人进了戏园，就自己提醒自己道：“这是做戏呀！”于是他让戏拉着，坐到终场。他们自视为绝顶聪明的人，视吉诃德先生为天字第一号笨伯。可是我们说，真正含有严肃的人生意义的小说或戏曲，原来不是给此等人看的！此等人看小说进戏园只是糟蹋时间罢了！读小说或观剧，一定得有几分“入迷”——就是走入作品中，和书中人一同笑一同哭，这才算不负那小说或戏曲，而小说或戏曲也没有白糟蹋了他的光阴。

一位作家写作品的时候，也非“入迷”不可。他的感情要和他笔下人物的感情合一。他写的人物不止一个，然而他所憧憬的，或拈出来使人景仰或认识的人物，却只有一个或一群；作家就要恨此人物所憎恨的对象，拥护此人物所拥护的一切！作家必须自己先这么“入迷”，然后可望读者也“入迷”。然后他的作品不是消遣品，他的力气不算白费。一个演员在舞台上假使存了“我是在做戏”的念头，他的戏一定做不好。

现在常听得人说：“多读杰作，学取技巧。”这话是不错的，但假使像香菱似的一面读杰作，一面心里想：“我读完了这些，我就是文学家了。”那他还是白读。他读杰作的时候，应当毫无杂念，应该只是走进书去，笑时就笑，哭时就哭——他应该“入迷”！所谓技巧的学得这一步，是在他几次“入迷”以后自然而然的结果。他把杰作咀嚼消化，成为他自己的力量了。倘使他读杰作的时候心里总惦记着“快学技巧呀”！他在杰作的字里行间时时都在发生“这是不是技巧的问号”，那他绝学不到什么技巧。要是他自以为“学到”了一点什么，那也不是真正地学到，而是生吞活剥的模仿，甚至是剽窃！

归根一句话，人与文学的关系，“入迷”是必要的！

本篇最初发表于一九三四年八月一日《文学》第三卷第二号。署名曼。曾收入《话匣子》和《茅盾文艺杂论集》

思路拓展

写作的时候，你是否也曾提起笔却不知道该写什么呢？茅盾先生说收集写作题材，需要“有意为之”，我们可以从哪些方面来努力呢？在文章中找一找诀窍吧！

文学与人生

今天讲的是文学与人生。中国人向来以为文学，不是一般人所需要的。闲暇自得，风流自赏的人，才去讲文学。中国向来文学作品，诗、词、小说等都很多，不过讲文学是什么东西，文学讲的是什么问题的一类书籍却很少，讲怎样可以看文学书，怎样去批评文学等书籍也是很少。刘勰的《文心雕龙》可算是讲文学的专书了，但仔细看来，却也不是，因为他没有讲到文学是什么等等问题。他只把主观的见解替文学上各种体格下个定义。诗是什么，赋是什么，他只给了一个主观的定义，他并未分析研究作品。司空图的《诗品》也没讲“诗含的什么”这类的问题。从各方面看，文学作品很多，研究文学作品的论文却很少。因此，文学和别种方面，如哲学和语言文字学等，没有清楚的界限。谈文学的，大都在修辞方面下批评，对于思想并不注意。至于文学和别种学问的关系，更没有说起。所以要讲本题，在中国向来的书里，差不多没有材料可以参考。现在只能先讲些西洋人对于文学的议论，再来讲中国向来的文学，与人生有没有关系。

西洋研究文学者有一句最普通的标语是：“文学是人生的反映（Reflection）”，人们怎样生活，社会怎样情形，文学就把那种种反映出来。譬如人生是个杯子，文学就是杯子在镜子里的影子。所以可说“文学的背景是社会的”。“背景”就是所从发的地方。譬如有一篇小说，讲一家人家先富后衰的情形，那么，我们就要问讲的是那一朝。如说是清朝乾隆的时候，那么，我们看他讲的话，究竟像乾隆时候的样子不像？要是像的，才算不错。上面的两句话，是很普通的。从这两句话上，大概可以知道文学是什么。固然，文学也有超乎人生的，也有讲理想世界的，那种文学，有的确也很好，不过都不是社会的。现在我们讲文学与人生的关系，单是说明“社会的”，还是不够，可以分下列的四项来说一说。

（一）人种。文学与人种，很有关系。人种不同，文学的情调也不同，哪一种人，有哪一种的文学，和他们有不同的皮肤、头发、眼睛等一样。大凡一个人种，总有他的特质，东方民族多含神秘性，因此，他们的文学也是超现实的。民族的性质，和文学也有关系。条顿人刻苦耐劳，并且有中庸的性质，他们的文学也如此，他们便是做爱情小说，说到苦痛的结果，总没有法国人那样的热烈。法国作家描写人物，写他们的感情，非常热烈。假如一个人心里烦闷，要喝些酒，在英人只稍饮一些啤酒，法人却必须饮烈性的白兰地。这英法两国人的譬喻，恰可以拿来当作比较。文学上这种不同之点是显然的。

（二）环境。我们住在这里，四面是什么。假设我们是松江人，松江的社会就是我们的环境。我有怎样的家庭，有怎样的几个朋友……都是我的环境。环境在文学上影响非常厉害。在上海的人，作品总提着上海的情形；从事革命的人，讲话总带着革命的气概；生在富贵人家的，虽热心于平民主义，有时不期然而然地有种公子气出来。一个时代有一个环境，就有那时代环境下的文学。环境本不是专限于物质的，当时的思想潮流、政治状况、风俗习惯，都是那时代的环境，著作家处处暗中受着他的环境的影响，决不能够脱离环境而独立。即使是探索宇宙之秘奥的神秘诗人，他的作品里可以和他的环境无涉——就是并不提起他的环境，但是他的作品的思想一定和他的大环境有关。即使是反乎他那时代的思潮的，仍旧是有关系因为他的“反”，是受了当时思潮的刺戟，决不是凭空跳出来的。至于正面的例子，在文学史上简直不胜枚举。例如法国生了佐治申特等一批大文学家，他们见的是法国二次革命与复辟，所以描写的都是法国那时代环境下的人物。申特虽为了他的革命思想，逃到外国，可是他的作品，总离不掉法国那时代的色彩。举眼前的例：我们在上海，见的是电车、汽车，接触的或算大都是知识阶级，如写小说，断不能离了环境，去写山里或乡间的生活。英国诗人勃恩斯（Burns）的田园风景诗，现在人说怎样好，怎样美丽，平静；十九世纪末，作家都写都会状况，有人说他们堕落；这都是环境使然。又如十九世纪末有许多德国人，厌了城市生活，去描写田园，但是他们的望乡心，一看便知。这就是反面的例。可见环境和文学，关系非常密切，不是在某种环境之下的，必不能写出那种环境；在那种环境之下的，必不能跳出了那种环境，去描写出别种来。有人说，中国近来的小说，范围太狭，道恋爱只及于中学的男女学生，讲家庭不过是普通琐屑的事，谈人道只有黄包车夫给人打等等。实在这不是中国人没有能力去做好些，这实在是现在的作家的环境如此，作家要写下等社会的生活，而他不过见黄包车夫给人打这类的事，他怎样能写别的？

（三）时代。这字或是译得不好。英文叫 epoch，连时代的思潮，社会情形等都包括在内。或者说时势，比较近些。我们现在大家都知道有“时代精神”这一句话。时代精神支配着政治、哲学、文学、美术等等，犹影之与形。各时代的作家所以各有不同的面目，是时代精神的缘故；同一时代的作家所以必有共同一致的倾向，也是时代精神的缘故。自然也有例外，但大体总是如此的。我们常听人说，两汉有两汉的文风，魏晋有魏晋的文风……就是因为两汉有两汉的时代精神，魏晋有魏晋的时代精神。近代西洋的文学是写实的，就因为近代的时代精神是科学的。科学的精神重在求真，故文艺亦以求真为唯一目的。科学家的态度重客观的观察，故文学也重客观的描写。因为求真，因为重客观的描写，故眼睛里看见的是怎样一个样子，就怎样写。又因为尊重个性，所以大家觉得尽是特别或不好，不可因怕人不理会，就不说。心里怎样想，口里就怎样说。老老实实，不可欺人。这是近世时代精神表见于文艺上的例子。

（四）作家的人格（Personality）。作家的人格，也甚重要。革命的人，一定做革命的文学，爱自然的，一定把自然融化在他的文学里，俄国托尔斯泰的人格，坚强特异，也在他的文学里表现出来。大文学家的作品，哪怕受时代环境的影响，总有他的人格融化在里头。法国法朗士（Anatole France）说，“文学作品，严格地说，都是作家的自传……”就是这个意思了。

以上是西洋人的议论，中国古来虽没有这种议论，但是我们看中国文学，也拿这四项做根据。第一，中国文学，都表示中国人的性情：不喜现实，谈玄，凡事折中。中国的小说，无论好的坏的，末后必有个大团圆：这是不走极端的证据。关于人种一条，可以说没有违背。第二，环境更当然。中国文学的环境，自然都是中国的家庭社会。第三，时代的关系在中国似乎不很分明。但仔细看，也有的。讲旧文学的人说：同是赋，两汉的与魏晋的不同；同是诗，初唐盛唐晚唐也不同。李义山的无论那一首诗，必不能放在初唐四杰的诗中。他们的诗，同是几个字缀成，同讲格律，只因时代不同，作品就迥然两样。《世说新语》的文字，在句法与文气上都与他书不同，《宋人语录》亦如此，与《水浒》不同，与《宣和遗事》又不同。这都可以说因为时代空气不同。非但思想不同，文气、格律也有不同。可见时代的影响，也很厉害。至于人格，真的作家，不是欺世盗名的，也有他们的人格在作品里。所以文学与人生的四项关系，在中国也不是例外了。

文学与人生简单的说明不过如此。从这里，我们得到一个教训，就是凡要研究文学，至少要有人种学的常识，至少要懂得这种文学作品产生时的环境，至少要了解这种文学作品产生时代的时代精神，并且要懂这种文学作品的主人翁的身世和心情。

本篇为作者1922年在松江第一次暑期学术演讲会上的演讲稿，最初发表于一九二三年出版的松江《学术演讲录》第一期，署名沈雁冰。曾收录《茅盾文艺杂论集》。

有意为之
——谈如何收集题材

各人有各人自己惯用的一套手法。但大概不外乎：（1）尽量采集凡与题目有关的材料；（2）又十二分严格——几乎吹毛求疵般地选用这些原料。采集之时，贪多务得，要跟奸商一般，只消风闻得何处有门路，有货，便千方百计钻挖，弄到手方肯死心，不管是什么东西，只要是可称为“货”的，便囤积，不厌其多。选用的时候，可就要像关卡的税吏似的百般挑剔了；整整一卡车的“货”，全要翻过身来，硬的要敲一敲，软的要扪一把，薄而成片的，还得对着阳光照了又照——一句话，用尽心力，总想找个把柄，便扣下来，不让过卡。有些老牌子的国药铺，它那仿单上每每大书特书这样一套话，本品到名山大川采办道地原料，并请“专家”按照“古方”或“家传秘方”精心炮制……如是云云。这一套话，不妨移用到文艺作品的写作，但“古方”与“家传秘方”之类，虽然也可认为有之，却未必如法炮制之后一定见效罢了。

贪多务得，说来容易，做去却有不少困难。譬如只会写点稿子被书贾剥削的文化人，给他资本，他也不能买到“货”，因为他不懂其中的窍脉，摸不着其中的黑门黑路；或许买到了，却又上当，全是冷货（不过抗战时期据说已经凡货必热了），或者是用不得搁不得的烂货。得尚不易，又何以而贪多。收集写作的材料，亦复如是，不能不有方法。以我想来，第一要会拉拉扯扯，第二要会小题大做。怎样才算会得拉拉扯扯呢？比方题目是青年店员生活，当然首先要就这题目的范围内采集材料，但这范围也就不小：青年店员不但服务于各种不同性质的店铺，而且他们本身的家庭情况（出身）和做店员以前的生活环境（教养）亦复千差万殊。如果我们光看见了一两种，那即使能将这一两种观察得巨细无遗，甚至深入腠理，也只是一偏而已，也还不够；尽管我们只打算写某一行的青年店员，但在采集材料的时候，必须由甲这一行拉扯到乙，由乙再拉扯到丙……如此以至囤积逾量，无奇不有。其次，可要拉扯到题目范围以外了，各种商业的情形，不能毫无所知；各种老板剥削店员的大同小异的法门，尤其不能一知半解；各种残余的商业上的陋规，也得明白；各种赚钱发财的新兴法门，也要知道。我们是写店员，但收采材料的时候，一定不能自划界限；店员生活是主，但从主这一边，我们要拉扯到老板，他是宾，还要拉扯到宾外之宾。

怎样叫做小题大做呢？仍以写青年店员生活为例罢，首先你要是对于所谓现阶段的中国一般青年问题没有这么一个概念——个鸟瞰式的理解，请问如何能确定你对于这所要写的青年店员应取的态度？请问又如何来解释这青年店员的苦闷与颓唐的根源？其次，因为这青年是在所谓商业机关（不论它大小如何）服务的，我们虽然是要写“店员”而不是写“店”，但“店”这东西作为一种生活环境来看，对于这青年的意识情绪不能不有影响，这是一方面。另一方面呢，“店”这东西作为社会经济组织的一个细胞来看，可就不能将它游离起来而皮相视之，从这一个细胞可以反映出社会经济生活之为健全或为病态，从这一个细胞在它所属的商业部门中所居的地位，所起的作用，以及这商业部门在整个社会经济组织中所居的地位，所起的作用，又可以反映出社会经济的性质。这样说来，如果你不打算把这“店”降低到只成为作品中的一个摆样的东西，而要使它作为那青年店员的生活环境，那你对于这“店”的了解也不能不相当深刻了。如果你对于所谓现阶段的中国社会经济的性质以及中国一般的社会问题没有这么一个理解，请问又如何能相当深刻地了解那“店”？自然，你在作品中并不一定要这样理论式的去分析那个“店”，甚至完全不需要从“店”本身上去显示你这些理解，可是在你的笔墨的形象的背后，在你持毫吮墨以前，你却不能不有这样深厚博大的知识基础来支持你这小小一篇店员生活的描写。所谓像座大于本身，就是这意思。我叫做小题大做，也是这意思。不过这里的“做”字，不是通常那样着实；这“做”是指准备工夫，是指材料的采集。这里你所花的工夫，在你那作品的“量”上，绝对看不见，可是在你那作品的“质”上，它可要起作用了。通常我们说某一作品写得深刻，但深刻到如何程度呢？要看它暗示的辐射有多少广阔，要看它透视的深度有多少深远。但何以能这么深刻呢？我以为是因为它曾经这样“小题大做”，在准备时期所花的工夫是那么“深刻”之故。

于是有个技术问题来了。尽管你有超强的记忆力，最好不要太自负，还是“勤笔免思”为佳。你要写札记，像个用功的学生那样勤于写札记。这也许有点辱没了作家的潇洒不羁的风度，然而对于作品却不是没有益处的。十九世纪法国有一位伟大的小说家大仲马，他的采集、编次材料的规模，俨然有点近代工业的味儿了，他雇用了若干书记，替他抄写剪贴，编次，整理，所以人家说他是开办了个小说工场。我们不一定要学他，也未必有此财力。但是旧俄有一个伟大的小说家契诃夫，他死后人家发表了他的札记，才知道这位“笑中带泪”的作家也曾如何苦心采集材料而且辛勤手记了下来。

契诃夫的是手工业的方式，可是请不要看轻手工业的方式，这倒是切实易举的。

贪多务得以后，就要百般挑剔了，这是矛盾，然而也在这矛盾的统一中，方见功力。凡是挑剔，被挑剔者认为“毫无理由”的，挑剔者一定说得出理由，而且光明正大，例如，与抗战无关。一个作家对于他自己所采集来的材料，一定要用税吏的精神去检查：好在材料是哑口，你就苛刻一点，它也不会诉冤。毛病都出在作家自身。材料这东西，虽非作家的亲骨肉，但是多少等于螟蛉子的地位，作家对之总有几分偏心，明明是一块不成器的材料，却往往不舍得丢掉，左看右看，怀着希望败子回头的心理，总想找出百分之几的好处来，以便借口收留，这种妇人之仁，最最要不得。

不过我们的挑剔，绝对要有原则。一、主题至上，一切服从主题。二、小巧之处，从严取缔。一篇作品有一个故事，这故事无论怎样复杂，总有一个中心；这个中心，从“事”这方面看，它是负有透过了现象而说明本质的任务的；从“人”这一方面看，它是表现着某一宇宙观，或两个以上不同的宇宙观的冲突、决斗。但此两者，“事”与“人”的关系，不是平行的：“事”由“人”生，故二者又在“人事关系”中统一起来。作者最大的苦心，就是要在他所采集的丰富材料中间拣选出那些最能表现某一特定的“人事关系”的性质的东西；凡不合此用者，都在摒弃之列。可是同样足以达成此目的之材料，从材料本身上看，又有个讲究；比方说，铜、铁、锡等等材料，都可以造成水壶，其为水壶则一，其为“用”则不一样。这个比喻当然太粗浅，但慧心人由此当可明白通常所谓“要在典型的环境中写典型的人”这句话的意义了。因此，凡是小巧材料，骤看之时，好像满能完成特定的写作目的者，一定要从严审察。作家要慎防迷了眼。又如一些可以称为“噱头”的小巧的东西，即使是有之亦无伤“大雅”者，也要从严取缔，因为这些“助兴”的东西常常会将一篇的主题弄模糊了的。

上面所述，都是假定你所采集的材料已经等于砖瓦木料铜铁等等；然而事实上，很少有那样便宜的。事实上，一般的材料只是一种生料，比如矿石。要想从这中间得到合用的原料，还须提炼；而这“提炼”的过程，又是在你造意写如何一个作品之前，不自觉地在进行的。蜜蜂采百花之精英以酿蜜，这种本能是天赋的，造物未给我们这种本能，要靠我们自己去学得这种能力。到现在为止，似乎还没有一种教科书教人怎样学习从生料提炼原料的方法。但是要养成这种能力该具备什么条件，那就早已不是一个秘密。条件是哪些呢？广博的人生经验与正确的社会科学知识。一个作家的“修养”，应当不限于写作的技巧之类，因为在选材之时，他就需要“眼光”，这“眼光”决不是天生，而是靠自力养成的。

一九四二年五月二十六日警报声中写完

本篇最初发表于一九四二年八月《新文学连丛》之一，《孟夏集》。曾收入《茅盾论创作》。

“成长读书课”分级阅读书目

写人记事 回忆散文

鲁　迅	《朝花夕拾》	七年级上
鲁　迅	《故乡》	八年级下
茅　盾	《林家铺子·白杨礼赞》	七年级下
萧　红	《呼兰河传》	五年级下
林海音	《城南旧事》	七年级上
老　舍	《骆驼祥子·猫》	七年级下
沈从文	《湘行散记 新湘行记》	七年级上
朱光潜	《给青年的十二封信》	八年级下

状物写景 人生美文

朱自清	《荷塘月色·背影》	八年级上
冰　心	《繁星·春水》	七年级上
冰　心	《寄小读者》	三年级下
宗　璞	《紫藤萝瀑布》	七年级下
赵丽宏	《童年的河》	五 年 级
丁立梅	《小扇轻摇的时光》	九 年 级
艾　青	《艾青诗精选：黎明的通知》	九年级上
徐志摩、海子等	《希望·一代人：现当代新诗选》	九年级上

想象联想 经典童话

叶圣陶	《稻草人》	三年级上
管　桦	《小英雄雨来》	六年级上
洪汛涛	《神笔马良》	二年级下
张天翼	《宝葫芦的秘密》	四年级下

张天翼	《大林和小林》	二 年 级
埃·奥·卜劳恩	《父与子》	六 年 级
泰戈尔	《愿望的实现》	二年级下
瓦·卡达耶夫等	《七色花》	二年级下

拟人象征 名家童话

严文井	《“歪 袋”木头桩》	二年级上
陈伯吹	《一只想飞的猫》	二年级上
孙幼军	《小狗的小房子》	二年级上
金 近	《小鲤鱼跳龙门》	二年级上
冰 波	《大象的耳朵》	二年级下
冰 波	《蓝鲸的眼睛》	二年级下
汤素兰	《开满蒲公英的地方》	三年级上
王一梅	《书本里的蚂蚁》	三年级上

学生生活 校园文学

林焕彰	《不睡觉的小雨点》	一年级上
黄蓓佳	《今天我是升旗手》	六年级下
黄蓓佳	《我要做好孩子》	六年级下
冰 心、金 波等	《和大人一起读诗》	二 年 级

名人故事 人物传记

玛丽·居里	《居里夫人自传》	八年级上
海伦·凯勒	《假如给我三天光明》	七年级上
茨 威 格	《人类群星闪耀时》	七年级下
罗曼·罗兰	《名人传》	八年级下